U0896427

·一本书读完纯美的古典诗词·

人一生要读的

古典诗词

③

明 道 主编

团结出版社

庐山谣寄卢侍御虚舟

我本楚狂人[①]，凤歌笑孔丘[②]。手持绿玉杖，朝别黄鹤楼。五岳寻仙不辞远，一生好入名山游。庐山秀出南斗傍[③]，屏风九叠云锦张，影落明湖青黛光。金阙前开二峰长[④]，银河倒挂三石梁。香炉瀑布遥相望，回崖沓嶂凌苍苍[⑤]。翠影红霞映朝日，鸟飞不到吴天长[⑥]。登高壮观天地间，大江茫茫去不还。黄云万里动风色，白波九道流雪山[⑦]。好为庐山谣，兴因庐山发。闲窥石镜清我心[⑧]，谢公行处青苔没[⑨]。早服还丹无世情[⑩]，琴心三叠道初成[⑪]。遥见仙人彩云里，手把芙蓉朝玉京[⑫]。先期汗漫九垓上[⑬]，愿接卢敖游太清[⑭]。

【注释】

①楚狂人：陆通，字接舆，因楚昭王时政治混乱，故佯狂不仕。②凤歌：相传接舆经过孔子旁，歌曰："凤兮凤兮，何德之衰。"劝孔子，世道衰败，不要做官。③"庐山"句：古以星宿指配地上州域，庐山一带正是南斗分野。④金阙：即金阙岩，在香炉峰西南。二峰：指香炉峰、双剑峰。⑤苍苍：天空。⑥吴天：庐山三国时为吴地。⑦九道：古说长江流到浔阳境而分九派。雪山：形容长江卷起的白浪。⑧石镜：庐山东有圆石，明净如镜。⑨谢公：指南朝的谢灵运，他曾于庐山作诗以记其游历。⑩还丹：道家仙丹。⑪琴心三叠：道家修炼仙丹术语。⑫玉京：道家谓元始天尊之居处。⑬先期：预先约定。汗漫：广远、漫无边际。九垓：九天。⑭卢敖：秦始皇时的博士（古代官职名），秦始

皇曾派他寻仙。太清：天空最高处。

【诗解】

诗人以兀傲癫狂、不齿入仕的楚人接舆自比，嘲笑孔子那样志在事君的人。他手持绿玉杖，早晨离开黄鹤楼，不辞遥远地走遍五岳访求神仙，顺由自己的爱好前去名山遨游。

庐山突出在南斗星旁，像屏风一样重叠的山峦隐映在彩云之间，山映水影呈现着青黑色的光。金阙岩前二峰雄立，三石梁瀑布有如银河倒挂，香炉峰瀑布遥遥相对，那里的重崖叠嶂上凌苍天。待到旭日初生，满天红霞与苍翠山色相辉映，山势高峻，鸟飞不到，更显得吴天宽广。长江浩荡东流，一去不返；万里黄云飘浮，天色瞬息变幻；茫茫九派，白浪滔滔如同层层雪山。

诗人爱作庐山歌谣，诗兴因庐山而激发，他从容自得地照照石镜，在长满青苔的山路上怀想谢公。他希望能够早些服食仙丹忘掉世情，并自认为学道已经初步成功。他仿佛看见手持芙蓉的仙人驾彩云飞向玉京，他愿意带着志同道合的朋友去畅游太空。

金陵酒肆留别[1]

风吹柳花满店香，吴姬压酒劝客尝[2]。金陵子弟来相送[3]，欲行不行各尽觞[4]。请君试问东流水，别意与之谁短长。

【注释】

①金陵：今江苏南京市。②吴姬：指吴地酒店侍女。压酒：压糟取酒汁。③子弟：年轻人。④欲行不行：将走的人和不走的人。觞（shāng）：酒杯。

【诗解】

和风送暖，柳花轻扬，金陵酒肆，满店清香。当垆的姑娘捧上新榨出的美酒劝诗人品尝，一群与诗人交好的年轻人前来为他饯行。

诗人有感于金陵子弟对待自己的一片热诚，因而恋恋不舍、欲走不能。将行者和送行者一次次饮尽杯中之酒，深情厚谊，让诗人感到门外的长江也难以与之比较短长。

全诗语简而味浓，依依别情，含蓄其中。

梦游天姥吟留别[①]

海客谈瀛洲[②]，烟涛微茫信难求。越人语天姥[③]，云霓明灭或可睹。天姥连天向天横，势拔五岳掩赤城[④]。天台四万八千丈，对此欲倒东南倾[⑤]。我欲因之梦吴越[⑥]，一夜飞度镜湖月[⑦]。湖月照我影，送我至剡溪[⑧]。谢公宿处今尚在[⑨]，渌水荡漾清猿啼[⑩]。脚著谢公屐[⑪]，身登青云梯。半壁见海日[⑫]，空中闻天鸡[⑬]。千岩万壑路不定，迷花倚石忽已暝[⑭]。熊咆龙吟殷岩泉[⑮]，慄深林兮惊层巅。云青青兮欲雨，水澹澹兮生烟[⑯]。列缺霹雳，

丘峦崩摧。洞天石扉，訇然中开⑰。青冥浩荡不见底，日月照耀金银台⑱。霓为衣兮风为马，云之君兮纷纷而来下⑲。虎鼓瑟兮鸾回车⑳，仙之人兮列如麻㉑。忽魂悸以魄动，恍惊起而长嗟。惟觉时之枕席，失向来之烟霞。世间行乐亦如此，古来万事东流水。别君去兮何时还㉒，且放白鹿青崖间㉓，须行即骑访名山。安能摧眉折腰事权贵，使我不得开心颜！

【注释】

①天姥(mǔ)：山名，在今浙江新昌东。②海客：来往海上的人。瀛洲：古以蓬莱、方丈、瀛洲为三座仙山。③越：指今浙江一带。天姥山唐时属越州。④拔：超越。掩：盖过。赤城：山名，在今浙江天台北。⑤“天台”两句：意谓天台虽高，但比起天姥，却像是低倾向东南。⑥“我欲”句：意谓日思游天姥，入夜则开始了梦游吴越。⑦镜湖：在今浙江绍兴。⑧剡(shàn)溪：在浙江省曹娥江上游。⑨谢公宿处：南朝谢灵运游天姥，曾在剡溪投宿。

⑩渌（lù）水：清澈的水流。⑪谢公屐（jī）：谢灵运为登山所特制的木屐。⑫半壁：半山腰。⑬天鸡：传说桃都山中有大树名桃都，上有天鸡，日出照此木，天鸡则鸣，天下之鸡皆随之鸣。⑭瞑：黑暗。⑮殷：形容水盛之貌。⑯澹澹：水波荡漾闪动的样子。⑰“列缺”四句：意谓忽然间电闪雷鸣，山峰为之坍塌。仙洞石门，轰然大开。訇（hōng）然：即轰然。⑱金银台：神仙所居的金阙银台。⑲云之君：指神仙。⑳虎鼓瑟：老虎鼓瑟。鸾回车：鸾鸟拉车。㉑列如麻：言其众多。㉒“别君”句：李白作此诗时准备由东鲁下吴越，君指东鲁的友人。㉓白鹿：传说仙人常乘白鹿。

【诗解】

这是一首记梦诗，是李白的代表作之一。诗以写作者寻求仙境而不能得起兴，继而写因听说吴越之地有天姥山，山高势险，云霞明灭，或可与仙境媲美，因而于梦中寻去，并由此揭开了梦游天姥的序幕。诗人将神话传说与对山水的真实体验融为一体，尽脱现实时间、空间的拘羁，任由想象驰骋，为我们展开了一幅幅瑰丽奇幻、异彩纷呈的画面；虽是描写梦境，却真切自然、毫不做作，在渲染离奇诡谲的气氛上尤其出色。诗的末尾部分抒发了作者梦醒后的感想，既有对“世间行乐亦如此，古来万事随流水”的慨叹，又有对“且放白鹿青崖间，须行即骑访名山”的向往。然而情感最强烈的当属那“安能摧眉折腰事权贵”的反诘，其中寄托了他对现实的强烈不满和反抗，抒发了他对自由生活的热爱之情。

宣州谢朓楼饯别校书叔云[①]

弃我去者，昨日之日不可留。乱我心者，今日之日多烦忧。长风万里送秋雁，对此可以酣高楼。蓬莱文章建安骨[②]，中间小谢又清发[③]。俱怀逸兴壮思飞，欲上青天览明月[④]。抽刀断水水更流，举杯销愁愁更愁。人生在世不称意，明朝散发弄扁舟。

【注释】

①宣州：今安徽宣城市。谢朓楼：是南齐谢朓任宣城太守时所建。叔云：李白的叔叔李云。②蓬莱文章：此指李云供职的秘书省，李云在秘书省任校书郎一职。建安骨：曹操父子和建安七子作品风格苍健遒劲，被后人称为建安风骨。③小谢：这里指谢朓。他以山水风景诗见长，后人常将他和谢灵运并举，因他的时代在后，故称为“小谢”。清发：清新秀发。④览：通“揽”。

【诗解】

李白的族叔李云将要离开宣州，李白在谢公楼为他置酒饯行。

酒酣之际，诗人思潮如涌，不禁引吭高歌。他慨叹逝者如斯，无法挽留，慨叹眼下心情多烦多忧，他仰望万里长风吹送秋雁，胸怀因而舒展，认为此时此刻正合沉醉高楼。他因为豪俊之士能以诗文留名千古而意兴遄飞、壮思不已，忽又联系眼下境遇，不由得黯然神伤。他欲斩断愁丝却发现愁丝如流水，他想要以酒浇愁却发现醉后愁更浓。浪漫而又理想的诗人生活在这现实而又污浊的世界里无法快乐，他于是打算有朝一日摆脱束缚、泛舟江河。

蜀道难

噫吁嚱，危乎高哉，蜀道之难难于上青天。蚕丛及鱼凫[1]，开国何茫然。尔来四万八千岁，不与秦塞通人烟[2]。西当太白有鸟道[3]，可以横绝峨嵋巅。地崩山摧壮士死[4]，然后天梯石栈相钩连[5]。上有六龙回日之高标[6]，下有冲波逆折之回川[7]。黄鹤之飞尚不得过，猿猱欲度愁攀缘[8]。青泥何盘盘[9]，百步九折萦岩峦[10]。扪参历井仰胁息[11]，以手抚膺坐长叹。问君西游何时还，畏途巉岩不可攀[12]。但见悲鸟号古木，雄飞雌从绕林间。又闻子规啼夜月[13]，愁空山。蜀道之难难于上青天，使人听此凋朱颜。连峰去天不盈尺，枯松倒挂倚绝壁。飞湍瀑流争喧豗[14]，砯崖转石万壑雷[15]。其险也若此，嗟尔远道之人胡为乎来哉。剑阁峥嵘而崔嵬，一夫当关，万夫莫开。所守或匪亲，化为狼与豺[16]。朝避猛虎，夕

避长蛇。磨牙吮血，杀人如麻。锦城虽云乐⑰，不如早还家。蜀道之难难于上青天，侧身西望长咨嗟⑱。

【注释】

①蚕丛、鱼凫：均为传说中的古蜀国国王。②秦塞：秦地。古蜀国本与中原不通，至秦惠王灭蜀，始与中原相通。③太白：秦岭峰名。鸟道：仅能容鸟飞过的道路，形容山路狭窄。④“地崩”句：相传秦惠王曾嫁五美女于蜀，蜀遣五壮士迎之，返回途中遇大蛇入洞穴中，五人牵住蛇尾而用力外拉，结果山崩，壮士和美女都被压死，山也分成五岭。⑤石栈：于岩壁上凿石架木而成的通道。⑥“上有”句：谓有能挡住太阳神六龙车的高峰。六龙：相传太阳神所乘之车有六条龙来拉。高标：最高的山峰。⑦回川：萦回的川流。⑧猱（náo）：猕猴。⑨青泥：山名，在今陕西略阳。盘盘：盘旋曲折。⑩萦岩峦：指峰岭迂回环抱。⑪参、井：均为星宿名。扪参历井是说蜀道之上伸手便可触及星辰。胁息：屏住呼吸。⑫巉（chán）岩：险峭的山岩。⑬子规：杜鹃。⑭喧豗（huī）：喧闹碰撞的声音。⑮砯（pīng）：水击岩石的声音。⑯“所守”两句：谓镇守这里的人若不可靠，一旦叛乱就

会变成凶狠的豺狼。⑰锦城：即成都。⑱咨嗟：叹息。

【诗解】

诗文融神话、现实、想象为一体，将艰险瑰奇的蜀道景观带给行路人心灵上的强烈冲击摹写得淋漓尽致，字里行间无不蕴寓着作者超尘脱俗的浪漫主义情怀。后人对此诗的创作意图多有争论，有人说蜀道艰险即是仕途艰险，有人说本篇反映的是动荡的社会局面，各执一词，迄无定论。

长相思

其一

长相思，在长安。络纬秋啼金井阑[①]，微霜凄凄簟色寒[②]。孤灯不明思欲绝，卷帷望月空长叹[③]。美人如花隔云端。上有青冥之长天，下有渌水之波澜[④]。天长地远魂飞苦，梦魂不到关山难。长相思，摧心肝。

【注释】

①络纬：虫名，俗称纺织娘。金井阑：精美的井栏。②簟(diàn)：竹席。③帷：窗帘。④渌(lù)水：清澈的水。

【诗解】

在长安的时候常常想起你，我孤独地在精美的井栏旁听纺织娘轻吟低唱，孤独地感受秋天里初降薄霜的凄冷，竹席的寒凉。在昏暗的灯光下，在我举头望月时，我会非常想念你，然

后叹息不能与你相见。

而你，如花般美丽的你终究是远隔云端，我愿意跨过长天绿水，愿意在梦中不辞万里地把你追寻，但难以逾越的关山却把我阻拦。

在长安的时候常常想起你，想起你的时候，忧伤便摧迫心肝。

其　二

日色欲尽花含烟①，月明如素愁不眠②。赵瑟初停凤凰柱③，蜀琴欲奏鸳鸯弦④。此曲有意无人传，愿随春风寄燕然⑤。忆君迢迢隔青天。昔时横波目⑥，今作流泪泉。不信妾肠断，归来看取明镜前。

【注释】

①花含烟：形容暮色中花为雾气所笼罩。②素：洁白的绢，这里形容月色。③赵瑟：相传古代赵国人善弹瑟。④蜀琴：蜀地出产的琴，古人常以蜀琴喻佳琴。⑤燕然：燕然山。此指边陲。⑥横波：形容眼波流动。

【诗解】

此诗抒写了一位女子对远戍边关的丈夫的思念之情，从女子在一个春天的晚上对月相思写起。月光虽好，但月下只有一人，她又如何能安然入睡？她推枕揽衣，本想弹奏一曲以解心中相思之苦，不料指落弦上，竟不由自主地拨出描写夫妻相知相爱、不离不弃的琴音，徒增了些许苦闷。她一直有些期望，期望有一天这琴曲能随春风飘到边塞，飘入丈夫耳中，让他知道自己一生的愿望；她一直想要对丈夫倾诉，告诉他自己是如何度日如年，告诉他昔日的“横波目”因何而化作了今日的“流泪泉”。

行路难

金樽清酒斗十千①，玉盘珍馐值万钱②。停杯投箸不能食③，拔剑四顾心茫然。欲渡黄河冰塞川，将登太行雪满山④。闲来垂钓坐溪上⑤，忽复乘舟梦日边⑥。行路难，行路难，多歧路，今安在。长风破浪会有时，直挂云帆济沧海⑦。

【注释】

①斗十千：一斗酒值十千钱。②珍馐（xiū）：名贵的菜肴。③箸：筷子。④太行：太行山。⑤“闲来”句：相传姜子牙未遇周文王前曾在溪边垂钓。⑥“忽复”句：相传伊尹受商汤聘用之

前，曾梦乘舟过日月之边。⑦“长风”句：南朝宋宗悫曾言志说：“愿乘长风破万里浪。”

【诗解】

有金樽盛着的清冽佳酿，有玉盘盛着的珍贵菜肴，然而诗人举杯又住，欲食又停，撂下筷子，起身拔剑四顾，心绪茫然。世路艰难，诗人来到长安施展抱负，无奈欲渡黄河却有河冰相阻，欲登太行却看到白雪满山，起初的踌躇满志变成了如今的惆怅失意。他也曾神游在远古时代吕尚和伊尹先抑后扬的经历中，想要以前人事迹作为慰藉和自勉，但神游归来，现实却使他转而大声疾呼：“行路难！歧路多！今后的道路又在哪里？”

愤懑则愤懑矣，诗人并没有失去信心，因为他坚信总有一天会乘风破浪、纵横江海。

将进酒

君不见黄河之水天上来，奔流到海不复回。君不见高堂明镜悲白发，朝如青丝暮成雪。人生得意须尽欢，莫使金樽空对月。天生我材必有用，千金散尽还复来。烹羊宰牛且为乐，会须一饮三百杯[1]。岑夫子，丹丘生[2]，将进酒，杯莫停。与君歌一曲，请君为我倾耳听。钟鼓馔玉不足贵[3]，但愿长醉不愿醒。古来圣贤皆寂寞，唯有饮者留其名。陈王昔时宴平乐[4]，斗酒十千恣欢

谑[5]。主人何为言少钱，径须沽取对君酌[6]。五花马[7]，千金裘[8]，呼儿将出换美酒，与尔同销万古愁。

【注释】

①会须：正应当。②岑夫子，丹丘生：指岑勋和元丹丘。二人都是李白的朋友。③钟鼓馔玉：泛指豪门的奢华生活。钟鼓：指富贵人家宴会时使用的乐器。馔玉：精美的饭食。④陈王：指曹操之子曹植，曹植曾被封为陈王。⑤恣(zì)：尽情。⑥径须：只需。⑦五花马：毛色呈五种花纹的良马。⑧千金裘：价值千金的皮衣。

【诗解】

全诗融入了李白自长安放还以来胸中的诸多感慨，真实反映了他当时复杂而矛盾的思想感情。其中不但有对于时光易逝、人生苦短的慨叹，有对于人生应当及时行乐、放情言欢的强调，也有“天生我材必有用”的自我肯定，以及对于“古来圣贤皆寂寞”的悲愤。这种种情感与愁绪的宣泄都是围绕“酒”字展开，诗人在酒中找到了解脱苦闷的方法，满腔的激愤也终于在此畅饮时刻得以喷薄而出。从他这种无所节制、恣意纵情的豪饮当中，我们能够深深感受到他内心难以言状的无奈和

痛苦，并且为他哀而不伤、悲而能壮的洒脱情怀所打动。

渡荆门送别[1]

渡远荆门外，来从楚国游[2]。山随平野尽，江入大荒流[3]。

月下飞天镜，云生结海楼[4]。仍怜故乡水，万里送行舟。

【注释】

①荆门：荆门山，在今湖北宜都西北，古时为楚蜀交界。②从：向。③大荒：广阔的田野。④海楼：海市蜃楼。

【诗解】

首联交代诗人已然渡过荆门，来到楚国一带遨游。中间两联写舟行所见：山峦随着开阔平原的出现而逐渐消失，江水浩浩荡荡，流入辽阔无际的远方荒原。晚上，平静江面上的月影宛如天上飞来的明镜；日间，蓬勃涌起、变幻无穷的云彩结成壮观的海市蜃楼。年轻的诗人意气风发，但初别故乡，心中满含眷恋。在他的眼中，故乡的水依旧跟随，不辞万里地伴送着他远行的小舟。

赠孟浩然

吾爱孟夫子①，风流天下闻②。红颜弃轩冕，白首卧松云③。

醉月频中圣④，迷花不事君。高山安可仰⑤，徒此揖清芬⑥。

【注释】

①夫子：对孟浩然的尊称。②风流：风雅潇洒。③“红颜”两句：言孟浩然少壮时便放弃仕途，老来更是隐居山林。红颜：年轻少壮。轩冕：古代官吏出行时的车轿伞盖。④频中圣：频频酒醉。⑤“高山”句：引诗经中的“高山仰止，景行行止”，表达对孟浩然的崇敬之情。⑥徒此：唯有在此。揖清芬：向孟浩然的高风雅致深施一礼。

【诗解】

首联热情抒发诗人对于孟浩然的爱慕之情，称赞孟浩然的风流气度天下闻名。中间两联着力描写孟浩然置簪缨于不顾，远走山林，寄情诗酒的高洁形象。尾联赞孟氏品格有如高山之峻峭孤拔，使人无法望其项背，并借此表达自己的深深敬意。

送友人

青山横北郭[1]，白水绕东城。此地一为别，孤蓬万里征[2]。

浮云游子意，落日故人情。挥手自兹去[3]，萧萧班马鸣[4]。

【注释】

①郭：外城。②蓬：蓬草枯后断根，随风飞扬，古人常以之喻征人。③兹：此。④班马：离群之马。

【诗解】

诗由景写起，“青山横北郭，白水绕东城”从回望视角写来，除烘托出一派安静祥和的氛围外，也可见作者送友人出城已是很有一段距离了。

中间四句写对即将只身远征天涯的友人的深深关切之意，巧用“浮云”、“落日”作比，“浮云”比友人的行踪不定、任意东西，“落日”比自己像落日不肯离开大地一样对朋友依依惜别的心情。

尾联两句不再正面描写朋友间的离情，而是写分别时马儿的情状：它们似乎也深谙别离滋味，彼此恋恋不舍，悲鸣致意。全诗在就在这样几声萧萧马鸣中结束，意致缠绵悱恻而不过分伤感。

登金陵凤凰台[①]

凤凰台上凤凰游，凤去台空江自流。吴宫花草埋幽径[②]，晋代衣冠成古丘[③]。三山半落青天外[④]，二水中分白鹭洲[⑤]。总为浮云能蔽日，长安不见使人愁。

【注释】

①金陵：今江苏南京。凤凰台：在金陵凤凰山上，相传南朝刘宋年间有凤凰集于此山，乃筑台，山和台也由此而得名。②吴宫：三国时吴国王宫。③衣冠：指名门世族。古丘：指坟墓。④三山：山名，在南京西南长江边上。⑤二水：秦淮河经南京后入长江，被横于其间的白鹭洲分为二支。

【诗解】

凤凰台上曾有凤凰来游，然而凤去台空，如今只有台下长江水仍然不停东流。诗人即此感叹盛衰转换、历史变迁：吴国壮丽繁华的宫廷已经荒芜，东晋的风流人物们也早就进了坟丘。他展望江山，见三山半隐半现于青天之外，江水被白鹭洲分为两支。但是壮美景色并不能让他忘掉重重的心事：浮云（奸佞小人）总是能够遮蔽太阳，看不到朝廷所在的长安，又怎能不使人发愁。

静夜思

床前明月光，疑是地上霜。
举头望明月，低头思故乡。

【诗解】

月光洒在床前，诗人开始还以为是地上结了白霜。抬起头来观看，原来是高挂夜空的明月。他低头徘徊，想起了那遥远的故乡……

玉阶怨

玉阶生白露，夜久侵罗袜。
却下水精帘[①]，玲珑望秋月。

【注释】

①水精：水晶。

【诗解】

诗写宫中女子的幽怨。玉阶冰冷，夜深之时，更有寒露生于其上。一位娇弱的女子伫立在那里，站得久了，露水渐渐浸湿了罗袜。不知她是否在叹息中转身归入屋内，但见水晶帘落下时，那玲珑闪光的空隙中，一双充满着孤凄哀怨的美目凝然痴望着秋月。

下江陵[1]

朝辞白帝彩云间[2]，千里江陵一日还。
两岸猿声啼不住，轻舟已过万重山。

【注释】

①江陵：今湖北江陵。②白帝：白帝城，在今重庆奉节。

【诗解】

诗中突出“轻”、“快”二字，不但是船轻而快，能一日千里，瞬息便过万重山，诗人的心情更是轻快。枷锁一去，真如脱笼飞鸟，自由自在，无所束缚。于是，以凄厉哀苦而著称的三峡之猿啼在诗人听来变得激越嘈杂，似在欢腾，蜀中浓滞的烟雾也好像有意散去，在这天清晨换成了彩云片片。全诗于一气奔放中蕴含回旋跌宕之美，轻舟快意，令人神远，被评者誉为唐绝压卷。

送孟浩然之广陵

故人西辞黄鹤楼，烟花三月下扬州。
孤帆远影碧空尽，惟见长江天际流。

【诗解】

诗的前两句点明了送别的时间、地点，还有孟浩然要去的地方。后两句写诗人目送友人的孤帆消失在碧空的尽头，视野中只剩下浩瀚的长江流向天际。

清平调

其一

云想衣裳花想容，春风拂槛露华浓[1]。
若非群玉山头见，会向瑶台月下逢[2]。

【注释】

①槛：栏杆。②会：应是。瑶台：与前面的群玉山都是传说中西王母的居处。

其二

一枝红艳露凝香，云雨巫山枉断肠[1]。
借问汉宫谁得似，可怜飞燕倚新妆[2]。

【注释】

①云雨巫山：用巫山神女会楚王典。此处是指有杨贵妃在侧，即便是巫山神女也无法吸引君王的视线。②倚：倚仗。

其三

名花倾国两相欢，常得君王带笑看。
解释春风无限恨[1]，沉香亭北倚栏杆。

【注释】

①解释：消释。

【诗解】

这三首诗无不是将花与人结合起来写，而其旨还在赞颂杨贵妃超凡绝俗的容貌仪态。从第一首感叹如贵妃一般的人儿只有仙境才能遇到，到第二首以牡丹含露模拟她的娇艳之态，安排巫山神女空自惆怅，汉宫飞燕甘拜下风的情节，到第三首捕捉名花佳人相互映照的情景，君王面对贵妃时眼角嘴边掩饰不住的笑意，使得杨妃的美丽酝酿在仙境，在人间，在花里，在夫妻恩爱中，在造物对此绝作的自叹里，那样的卓然出群，那样的沁人心脾。

王 维

王维（公元 701？～761 年），字摩诘，太原祁州人（今山西祁县）人。玄宗开元九年（公元 721 年）进士，累官至给事中。安史乱起，曾被迫任伪职。乱平后，获罪贬职，后官至尚书右丞，世称“王右丞”。自中年开始优游于蓝田辋川别业，过着亦官亦隐的生活，并潜心参禅学佛。王维工书画，通音律，诗文尤其以山水田园诗见长。他的诗明净清新，常常融汇着画理、佛理，苏轼曾称其“诗中有画，画中有诗”。著作有《王右丞集》。

送綦毋潜落第还乡

圣代无隐者，英灵尽来归。遂令东山客[1]，不得顾采薇[2]。既至金门远[3]，孰云吾道非。江淮度寒食，京洛

缝春衣[4]。置酒长安道，同心与我违[5]。行当浮桂棹[6]，未几拂荆扉[7]。远树带行客，孤城当落晖。吾谋适不用[8]，勿谓知音稀。

【注释】

①东山客：东晋谢安曾隐居于会稽东山，此指隐居者。②采薇：商末伯夷、叔齐不食周粟，在首阳山采薇代食。这里指隐居。③金门：金马门，汉代对优异贤良之士皆令至金马门待诏。④“江淮”二句：意谓赴京赶考，渡江淮时正值寒食节，后落第滞留京洛，又自缝春衣。⑤同心：知心朋友。违：分离。⑥行当：将要。桂棹：船的美称。⑦未几：不久。荆扉：指故园的柴门。⑧“吾谋”句：意指文章未为考官所赏识。

【诗解】

圣明的朝代没有隐居的人，英才都到朝廷应试，东山的隐士也不再去采薇了。綦毋潜是王维的朋友，到长安参加科举考试落榜了，安慰起来不容易。作者写此诗，说綦毋潜此次应试往还的春秋朝夕并没有虚度，一次考试失利也不能说明才能高下，知音并不稀少。“远树带行客，孤城当落晖”，自然而然写出送别情景，读之历历如在眼前，真是千古名句。

送 别

下马饮君酒[①]，问君何所之[②]。君言不得意，归卧南山陲[③]。但去莫复问，白云无尽时。

【注释】

①饮君酒：请君饮酒。②何所之：去向何方？③南山：终南山，今陕西西安市南。陲（chuí）：边。

【诗解】

下马为朋友备酒送行，殷切一问，已含知己一片深情。朋友自言“不得意”而归隐南山，诗句中蕴含了作者对尘世不公、功名利禄无常的无穷感慨。末句说：你只管去吧，我不再问，只有山中白云自在悠悠，与你常伴。全诗语淡味浓，情深意远，余韵不尽。

渭川田家

斜阳照墟落[①]，穷巷牛羊归[②]。野老念牧童，倚仗候荆扉。雉雊麦苗秀[③]，蚕眠桑叶稀[④]。田夫荷锄至[⑤]，相见语依依。即此羡闲逸[⑥]，怅然吟式微[⑦]。

【注释】

①墟落：村落。②穷巷：深巷。③雊（gòu）：野鸡叫。④蚕眠：蚕吐丝作茧后在内蜕皮化蛹，其间不食不动，称“眠”。⑤荷（hè）：扛着。⑥“即此”句：意谓就是这样的情景也让人羡慕其

安然闲逸了。⑦式微：《诗经·邶风·式微》中有："式微，式微，胡不归？"（胡不归：为何还不归去？）

【诗解】

当夕阳静照了村庄，幽深的小巷里便出现了成群放牧归来的牛羊，一位老者拄着拐杖站立在柴门旁边，耐心地等待着牧童。田埂上，三三两两的农夫正扛着锄头向家中走去，他们相见后亲切絮语；田野间，麦苗正在开花吐穗，麦地深处传来野鸡咕咕的鸣叫。桑林眼下变得稀稀疏疏，饱餐过后的蚕儿已经进入三眠。黄昏时节，万物思归，而独诗人宦海彷徨，不知何往。他只能徒然羡慕农家生活的自在单纯，怅然吟起《诗经》中的《式微》之诗。

西施咏

艳色天下重[1]，西施宁久微[2]？朝为越溪女，暮作吴宫妃。贱日岂殊众[3]，贵来方悟稀[4]。邀人傅脂粉[5]，不自著罗衣[6]。君宠益娇态[7]，君怜无是非[8]。当时浣纱伴，莫得同车归。持谢邻家子[9]，效颦安可希[10]？

【注释】

①“艳色”句：意谓艳丽的姿色为天下所看重。②“西施”句：意谓西施又怎能久居微贱？宁：岂。③“贱日”句：意谓微贱的时候难道有什么与众不同？④贵来：显贵的时候。方悟稀：方才感到稀罕。⑤傅：涂抹。⑥自：亲自。著：穿。⑦益：愈加。⑧“君怜”句：意谓君王怜爱而从不计较她的是非。⑨持谢：奉告。邻家子：指西施的邻居丑女东施。⑩“效颦”句：意谓光学西施皱眉又怎能希望得到别人的赏识。颦（pín）：皱眉。

【诗解】

本诗咏西施之绝世容貌、楚楚风神，感叹其判若霄壤的身世变化，不加褒贬而写尽世态炎凉，娓娓叙述中完现枯荣转换。诗末以反诘奉劝世人莫学东施效颦，此率意一问，寓意深刻，使人联想古今，颇具点化人生之功。

桃源行

渔舟逐水爱山春①，两岸桃花夹古津②。坐看红树不知远，行尽青溪忽值人。山口潜行始隈隩③，山开旷望旋平陆。遥看一处攒云树④，近入千家散花竹。樵客初传汉姓名，居人未改秦衣服。居人共住武陵源，还从物外起田园⑤。月明松下房栊静⑥，日出云中鸡犬喧。惊闻俗客争来集⑦，竞引还家问都邑⑧。平明闾巷扫花开⑨，薄暮渔樵乘水入。初因避地去人间，更问神仙遂不还⑩。

峡里谁知有人事，世中遥望空云山⑪。不疑灵境难闻见⑫，尘心未尽思乡县。出洞无论隔山水，辞家终拟长游衍⑬。自谓经过旧不迷⑭，安知峰壑今来变。当时只记入山深，青溪几度到云林。春来遍是桃花水，不辨仙源何处寻。

【注释】

①逐水：沿着溪水。②古津：古渡口。③隈（wēi）隩（yù）：曲窄幽深。④攒：聚集。⑤物外：世外。⑥房栊（lóng）：房舍。栊：窗户。⑦俗客：指误入桃花源的渔人。⑧竞：竞相。引：引领。⑨闾巷：里巷。⑩“初因”两句：意谓桃源之人最初是为了逃避战乱而来此地的，后来过惯了神仙般的生活就不再想回故乡了。⑪“峡里”两句：意谓桃花源中的人已不知俗世之事，而俗世中人也只能空自遥望云山而已。⑫灵境：仙境。⑬“出洞”两句：意谓渔人出洞后又觉得桃源值得逗留，不管山高水远，还是想辞家来此长住。游衍：流连不去。⑭自谓：自以为。

【诗解】

当《桃花源记》中的情节被王维以诗的方式重新写来，更是别具一番风情。

武陵渔人因为喜爱春天的山水，所以任小舟沿着两岸开满桃花的清溪一路漂流，在不知不觉中到达了清溪尽头的桃源洞口。他小心谨慎地穿过山洞，一片平旷的原野豁然眼前，他好奇于原野中一处云树朦胧的地方，走到近前才发现那里坐落着千家万户，掩映着茂盛的花竹。

樵夫报来的还是汉朝的姓名，居民们穿的依旧是秦时的衣裳，与之交谈，方才明了他们于世外建起美丽田园的因由。在这里居住，渔人真正感受到了月夜的恬静，日出的蓬勃，他喜欢看人们于清晨扫开满地的落花，看黄昏时分渔夫樵父乘舟归来，当然，他也十分繁忙，因为人们竞相将他请到家中问起俗世的短长。村人因避世乱而至此成仙，从此隔绝尘世，渔人虽然知道仙境难得，但却因为思念家乡而离去，然而他终于不能忘记桃源，于是又在一个春天殷勤寻来。这一次，自认为过路不忘的他迷茫在了山水之间，因为“春来遍是桃花水，不辨仙源何处寻”。

山居秋暝①

空山新雨后，天气晚来秋。明月松间照，清泉石上流。

竹喧归浣女，莲动下渔舟。随意春芳歇②，王孙自可留③。

【注释】

①秋暝：秋天的傍晚。②随意春芳歇：意谓春花要凋谢就

凋谢吧。③王孙自可留：王孙可以在此居住。《楚辞·招隐士》有“王孙游兮不归，春草生兮萋萋”和“王孙兮归来，山中兮不可久留”句，意思是说：既然春天已过，王孙就请归来吧，山中冷清，不可长久居住。本诗反用其意，抒发的是作者愿居山林而不愿返回喧嚣市朝的情怀。

【诗解】

空山新雨过后，秋凉渐渐透出，山林中一派爽洁之气。如水的月光倾泻松间，清清的泉流淌于石上。竹林间响起阵阵喧闹声，那是年轻的女子们浣纱归来；池塘中荷叶摇动，那是渔舟在顺水行走。这有如世外桃源一样的地方必要到尘世之外才能得到，《楚辞·招隐士》中说：“王孙兮归来，山中兮不可久留。”隐居山中的诗人却说：“这里即使不是春天也非常美丽，王孙们可以留下吧。”

汉江临眺[1]

楚塞三湘接[2]，荆门九派通[3]。江流天地外，山色有无中。

郡邑浮前浦[4]，波澜动远空。襄阳好风日[5]，留醉与山翁[6]。

【注释】

①临眺：登高望远。②楚塞：指古楚国边界。三湘：漓湘、潇湘、蒸湘称三湘。③荆门：即荆门山。九派：长江的许多支流。

九是多的意思。④郡邑：此指襄阳城。浦：江面。⑤风日：风光。⑥山翁：指晋人山简，竹林七贤山涛之子。他曾任征南将军，镇守襄阳，好饮酒，每饮必醉。

【诗解】

此诗写作者泛览汉江时所见。首联写汉江形势，眼界开阔，下笔宽广。颔、颈两联具体描绘临眺所见：江水浩瀚，宛若流向天地以外；山色空蒙，全在似有似无之间。远方的城市仿佛漂浮在水面之上，那里的天空也好像随着江水的波澜一起动摇。末联抒发情怀，表达了作者对于襄阳风物的热爱之情，他因而要留下来，与山翁畅饮，陶然一醉在这美景良辰之间。

积雨辋川庄作

积雨空林烟火迟①，蒸藜炊黍饷东菑②。漠漠水田飞白鹭，阴阴夏木啭黄鹂。山中习静观朝槿③，松下清斋折露葵④。野老与人争席罢⑤，海鸥何事更相疑⑥。

【注释】

①空林：萧疏的树林。②藜（lí）：指蔬菜。黍（shǔ）：此指

饭食。饷（xiǎng）：送饭。菑（zī）：初耕的田地。③朝槿（jǐn）：木槿，其花朝开暮落。④清斋：指吃素。葵：葵菜。⑤野老：作者自指。⑥海鸥：用鸥鹭忘机典。

【诗解】

连日的雨水过后，炊烟的升腾仿佛慢了许多。家家户户的农妇们正在忙碌于备办饭食，好给还在田里耕作的男人们送去。广漠的水田上白鹭在悠然自得地飞翔，繁茂的树冠中传来黄莺婉转的歌唱，一切都显得那样安闲自在、恬静祥和。

脱离了喧嚣的俗世，诗人来到山中习静，他曾在观看朝开暮落的槿花时感悟人生，曾于松下清斋前折下带露的绿葵。如今的他，不再会与人争夺些什么，他要告诉盘旋的海鸥：我已毫无机心，你们也再不必有所疑惧，就请放心地前来与我做伴吧。

鹿　砦[1]

空山不见人，但闻人语响。
返景入深林[2]，复照青苔上。

【注释】

①鹿砦：是辋川的地名。②返景：日光反照。景：同“影”。

【诗解】

本篇的意境在于突出“空”、“静”二字。空山人语，愈觉山空；一点儿折射过来的阳光落在青苔上，给幽暗的静物增添了一丝暖意。诗文空灵有声，静中有动，颇具禅意。

竹里馆[1]

独坐幽篁里[2]，弹琴复长啸。
深林人不知，明月来相照。

【注释】

①竹里馆：辋川别墅胜景之一。②幽篁：幽深的竹林。

【诗解】

独坐在幽静的竹林里，一边弹奏古琴，一边高声吟唱。在这不为人知的深林里，唯有一轮明月前来相照。小诗平淡几语，意境清幽绝俗，体现着作者恬静闲适的心情和自得其乐的情趣。

相 思

红豆生南国，春来发几枝？
愿君多采撷[1]，此物最相思。

【注释】

①撷（xié）：摘。

【诗解】

红豆，又名“相思子”，常被人们用来寄托相思之情，作

者想借咏红豆而寄出的，是对流落江南的友人李龟年的一片思念之情。诗中有婉问，婉问红豆春来发几枝，意在盼望友人能见物思人，让真挚的友谊能如相思树般年年发出新芽；诗中有叮咛，叮咛友人多多采下相思子，因为那色泽如火的小红豆，每一颗都代表着自己对友人的一份厚意深情。

杂　诗

君自故乡来，应知故乡事。
来日绮窗前①，寒梅著花未②？

【注释】

①来日：指动身前来的那天。绮窗：雕饰精美的窗子。②著花：开花。

【诗解】

原诗共三首，此为其二。合而观之，似是写女子家住孟津（洛阳北），爱人身在江南，所以她看到由江南而来的行船，便问起是否有游子寄给家中的书信。船回到江南，游子向自故乡返回的舟人问起家中绮窗前的寒梅是否开放，舟人回答说：不但寒梅开了，鸟也啼了，阶前青草也长出来了，但她看到萋萋春草却更加忧愁悲伤。

九月九日忆山东兄弟

独在异乡为异客，每逢佳节倍思亲。

遥知兄弟登高处，遍插茱萸少一人[①]。

【注释】

①茱萸（yú）：落叶小乔木，开小黄花，有浓香，古人每逢重阳佩戴以避邪。

【诗解】

此诗是王维十七岁时在长安所写。诗文首句中的一个“独”字和两个“异”字，突出了他乡作客之人的孤独感受和对于环境的陌生与不适应；而紧随其后的“每逢佳节倍思亲”，不但在衔接上自然而然，而且将客中人在佳节的思乡情怀概括得极为真切和凝练。后二句独辟蹊径，不直接写思念兄弟，而是遥想兄弟登高、遍插茱萸而独缺自己的情景，表达出对不能与亲人团聚的伤感凄凉。

渭城曲

渭城朝雨浥轻尘[①]，客舍青青柳色新。

劝君更尽一杯酒，西出阳关无故人[②]。

【注释】

①浥：润湿。②阳关：在今甘肃敦煌西南，与玉门关一南一北，均为通西域的要隘。

【诗解】

朋友即将离去的那个清晨，似乎是得到了上天的照顾，一场淅淅沥沥的小雨过后，驿道上的尘土不再飞扬，客舍旁的柳色为之一新。饯行酒已饮过很多，作者终于不能将友人挽留，于是最后一次劝酒道：“请你再饮一杯吧，西出阳关后，恐怕就难遇到故人了。”此诗辞浅情深，宜歌宜画，当时即被谱为《阳关三叠》歌曲，流传至今。

高适

高适（公元702？～765年），字达夫，郡望渤海蓨县（今河北景县）人。玄宗天宝八载（公元749年）有道科及第，授封丘尉。后客游河西，为哥舒翰掌书记。安史乱起，历官谏议大夫、淮南节度使、彭州刺史、蜀州刺史、西川节度使等职。终左散骑常侍，进封渤海县侯。高适擅写边塞军旅生活，边塞诗与岑参齐名，世称“高岑”。其诗雄健苍凉，气骨凛然。《全唐诗》收诗四卷，有《高常侍集》。

燕歌行并序

开元二十六年，客有从元戎出塞而还者，作《燕歌行》以示适。感征戍之事，因而和焉。

汉家烟尘在东北，汉将辞家破残贼[1]。男儿本自重横行，天子非常赐颜色。摐金伐鼓下榆关[2]，旌旗逶迤碣石间[3]。校尉羽书飞瀚海[4]，单于猎火照狼山。山川萧

条极边土，胡骑凭陵杂风雨[5]。战士军前半死生，美人帐下犹歌舞。大漠穷秋塞草衰，孤城落日斗兵稀。身当恩遇常轻敌，力尽关山未解围。铁衣远戍辛勤久，玉箸应啼别离后[6]。少妇城南欲断肠，征人蓟北空回首。边风飘飘那可度，绝域苍茫更何有？杀气三时作阵云，寒声一夜传刁斗[7]。相看白刃血纷纷，死节从来岂顾勋？君不见沙场争战苦，至今犹忆李将军。

【注释】

①残：凶残。②榆关：即今山海关。③碣石：古山名，在今河北省昌黎西北。④羽书：紧急军书。瀚海：大沙漠。⑤凭陵：侵扰。⑥玉箸：形容眼泪像玉制的筷子。⑦刁斗：古代军中白天用来烧饭，晚上用来敲击巡更的铜器。

【诗解】

烽火起于东北边境，汉家大将于是告别家乡去征讨敌寇。男儿生当纵横驰骋，再加上天子特别的激励和奖赏，所以汉将率领着大军，一路上金鼓雷鸣，旌旗招展，气势非常。

前方校尉快马传书，说匈奴单于正在狼山扬威耀武，战争因此而正式揭幕。在那偏远荒凉的边境上，战士们每每与狂风暴雨般袭来的匈奴铁骑拼死相搏，而汉将却并不把敌人放在眼里，他沉迷在美人歌舞中。寒冷的边塞之秋来临了，能够作战的士兵越来越少，然而身受皇恩、大意轻敌的汉将却始终没能让敌人退去。可怜那些跟随他远征至此的战士，他们受尽艰苦，乡思无限，可怜战士们的妻子，她们望眼欲穿，肝肠寸断。

边关寒冷，杀气腾腾，最常见的景象是短兵相接、血肉横飞，舍命拼杀的战士，他们难道是为了功勋吗？让人伤感的是像飞将军李广一样的统帅已难寻觅，他爱护士卒，赫赫威名便足以退敌。

杜　甫

杜甫（公元712～770年），字子美，自称少陵野老。原籍襄阳，迁居河南巩义市。杜审言之孙。年轻时应进士举，不第，漫游各地，后客居长安十年。安史之乱中投奔唐肃宗，授左拾遗。收复长安后出为华州司功参军，不久弃官入蜀，定居成都浣花溪草堂。一度在剑南节度使严武幕中任参谋，表为检校工部员外郎，故世称“杜工部”。严武死后携家出蜀，漂泊江南，病死在江湘途中。杜甫的诗以古体、律诗见长，风格多样，情感沉郁，展现了唐代由盛转衰的历史过程，被称为“诗史”。杜甫是我国最伟大的诗人之一，与李白齐名，并称“李杜”。有《杜工部集》。

赠卫八处士

人生不相见，动如参与商[①]。今夕复何夕[②]，共此灯烛光。少壮能几时，鬓发各已苍。访旧半为鬼，惊呼热中肠[③]。焉知二十载，重上君子堂。昔别君未婚，儿女忽成行。怡然敬父执[④]，问我来何方。问答未及已，儿

女罗酒浆。夜雨剪春韭，新炊间黄粱⑤。主称会面难，一举累十觞⑥。十觞亦不醉，感子故意长⑦。明日隔山岳，世事两茫茫。

【注释】

①动：动辄。参（shēn）与商：参星与商星。参星于西，商星于东，此起彼隐，永不相见。②“今夕”句：意谓今天是什么日子。③热中肠：形容情绪激动异常。④怡然：和悦的样子。父执：父亲的挚友。⑤间（jiàn）：掺杂。⑥累：接连。觞（shāng）：酒杯。⑦故意：对故交的情谊。子：指卫八处士。

【诗解】

此诗为唐肃宗乾元二年（公元759年）春，杜甫从洛阳返回华州司功任所，途遇隐居不仕的挚友卫八而作。天上参、商两星不相遇，人间别离容易相见难，更何况战乱年代，世事茫茫。自洛阳返华州途中，遇二十载不见的老友，沧桑变迁之感，悲喜交集之情发于心中。夜雨烛光，黄粱熟，春韭香，一夕重逢话旧畅饮，明日重隔山岳，相聚知何年！全诗自然浑朴，深情起伏，极见波澜。

望 岳

岱宗夫如何①，齐鲁青未了。造化钟神秀②，阴阳割昏晓。荡胸生层云，决眦入归鸟③。会当凌绝顶④，一览众山小。

【注释】

①岱宗：对泰山的尊称。②钟：赋予，集中。③决眦入归鸟：意指山高鸟小，远望飞鸟，几乎要睁裂眼眶。决：裂开。眦（zì）：眼眶。④会当：终当。

【诗解】

全诗写“望”。远望齐鲁一带，绵延苍翠数千里，大自然把一切神奇秀丽都集中到这里，巍峨的泰山南北明暗判若晨昏。云雾翻腾涤荡心胸，远望归林飞鸟，诗人眼随神远。结句尤其精彩，志在登临，雄视一切，真是咏泰山诗的绝唱！

佳　人

绝代有佳人，幽居在空谷。自云良家子①，零落依草木。关中昔丧乱②，兄弟遭杀戮。官高何足论③，不得收骨肉。世情恶衰歇④，万事随转烛⑤。夫婿轻薄儿，新人美如玉。合昏尚知时⑥，鸳鸯不独宿。但见新人笑，那闻旧人哭。在山泉水清，出山泉水浊⑦。侍婢卖珠回⑧，牵萝补茅屋。摘花不插发⑨，采柏动盈掬⑩。天寒翠袖

薄，日暮倚修竹。

【注释】

①良家子：好人家的女儿。②丧乱：指安禄山攻陷长安之事。③官高何足论：意谓官高显赫又有什么用呢。④世情恶衰歇：意谓世人总是厌恶衰落破败。歇：衰退。⑤万事随转烛：意谓世上的事情好像随风抖动的蜡烛，变化无常。⑥合昏：夜合花，叶子朝舒夜合。人们常以此比喻夫妻恩爱。⑦"在山"两句：喻自己隐于山中贞节自守，不愿因进入世俗而污浊了自己。⑧卖珠：指因为生活贫困而变卖珠宝。⑨摘花不插发：意谓无心修饰打扮。⑩动：动辄。盈掬：一满把。

【诗解】

一代佳人遭逢战乱，兄弟惨死，家境骤衰，被夫遗弃。人情凉薄，世态无常，令人慨叹。尤其是"但见新人笑，那闻旧人哭"伤情名句，悲彻千载犹闻其声。但佳人坚贞如竹柏，洁丽似清泉，风神绝美，永为人们咏叹。

梦李白

其　一

死别已吞声[1]，生别常恻恻[2]。江南瘴疠地[3]，逐客无消息[4]。故人入我梦，明我长相忆[5]。恐非平生魂，路远不可测[6]。魂来枫林青，魂返关塞黑[7]。君今在罗网，何以有羽翼。落月满屋梁，犹疑照颜色[8]。水深波浪阔，

无使蛟龙得。

【注释】

①吞声：泣不成声。②恻恻(cè)：悲伤。③瘴(zhàng)疠(lì)：瘴气瘟疫。④逐客：被流放之人。⑤明：表明。⑥“恐非”二句：其时多有关于李白的不祥传闻，杜甫因而怀疑李白已死。平生：生前。⑦“魂来”二句：意指李白魂魄来的时候要穿越南方千里枫林，返回时又须渡过阴沉灰暗的秦关。⑧颜色：梦中李白的容貌。

【诗解】

本诗以写生离死别的苦痛起首，继而对梦到李白这件事提出了种种猜想和疑问。作者设身处地地为友人着想，就连李白梦魂来去路上的艰辛也让他揪心不已。诗的末尾记述梦醒后因看到惨淡月色而回忆起梦中李白憔悴的面容，道出了他对李白的殷殷叮咛：“梦魂归去的路上要经过条条江河，你可要当心凶浪蛟龙（喻指阴险小人），切勿被它们捕获了去！”

其　二

浮云终日行，游子久不至[①]。三夜频梦君，情亲见君意。告归常侷促，苦道来不易。江湖多风波，舟楫恐失坠[②]。出门搔白首，若负平生志。冠盖满京华[③]，斯人独憔悴[④]。孰云网恢恢[⑤]，将老身反累[⑥]。千秋万岁名，寂寞身后事。

【注释】

①“浮云”两句：意谓浮云终日于空中飘走，而游子却久久不曾到来。游子：指李白。②恐失坠：恐怕船只翻覆。③冠盖：冠冕和车盖，此指达官贵人。④斯人：这个人，指李白。⑤恢恢：《老子》中有“天网恢恢，疏而不漏”句。这里是说：谁说天理公平？⑥反累：反而无辜受到牵累。

【诗解】

继写完前首记梦诗之后，诗人又一连三夜梦到李白，梦中的李白越过千山万水前来与他相见，见面后诉说着此行不易。在每次短暂相聚后，李白便仓促告辞。望着他出门时苦闷地搔弄白首，郁郁不得志的样子，诗人的内心受到了极大的触动，他不禁愤愤不平道：“为什么许多碌碌无能之辈都是高冠华盖，显赫一时，而像李白这样一位才华横溢的人却坎坷憔悴？谁说天道公正，像李白这样临到老年而被囚禁放逐的遭遇又该怎么解释呢？”愤到极时，诗人终于只能慨然作叹：“李白的诗定然会光照千古，只是这身后的名声对那时已寂寞无知的他来讲又有何用处呢！”这深沉一叹，不但蕴含着杜甫对李白的高度评价和深切同情，也联系着他自己的无限心事。

丹青引赠曹将军霸

将军魏武之子孙[①]，于今为庶为清门[②]。英雄割据虽已矣[③]，文彩风流今尚存。学书初学卫夫人[④]，但恨无过

王右军[5]。丹青不知老将至[6]，富贵于我如浮云。开元之中常引见[7]，承恩数上南薰殿。凌烟功臣少颜色[8]，将军下笔开生面。良相头上进贤冠[9]，猛将腰间大羽箭。褒公鄂公毛发动[10]，英姿飒爽来酣战。先帝天马玉花骢[11]，画工如山貌不同[12]。是日牵来赤墀下[13]，迥立阊阖生长风[14]。诏谓将军拂绢素，意匠惨淡经营中[15]。斯须九重真龙出[16]，一洗万古凡马空。玉花却在御榻上[17]，榻上庭前屹相向[18]。至尊含笑催赐金，圉人太仆皆惆怅[19]。弟子韩幹早入室[20]，亦能画马穷殊相。幹惟画肉不画骨，忍使骅骝气凋丧[21]。将军画善盖有神，必逢佳士亦写真。即今飘泊干戈际，屡貌寻常行路人[22]。途穷反遭俗眼白，世上未有如公贫。但看古来盛名下，终日坎壈缠其身[23]。

【注释】

①魏武：指魏武帝曹操。②清门：寒门。③英雄割据：指魏、蜀、吴三足鼎立。④卫夫人：东晋著名书法家。⑤王右军：指曾任右军将军的王羲之。⑥“丹青”句：意谓曹霸一生沉浸于笔墨丹青中而不知老之将至。⑦引见：由内臣引领应诏朝帝。⑧凌烟功臣：贞观十七年二月，唐太宗命画功臣像于凌烟阁。开元时，玄宗曾命曹霸重画。少颜色：画的颜色因年久而暗淡。⑨进贤冠：唐代百官上朝时所戴的黑色礼冠。⑩褒公鄂公：指褒国公段志玄和鄂国公尉迟敬德。⑪玉花骢(cōng)：玄宗所乘骏马名。⑫“画工”句：意谓画工虽多，均不能得原马风神。⑬赤

墀(chí)：皇宫内用红漆涂的台阶。⑭迥立：昂头屹立。阊(chāng)阖(hé)：本指天门，此代宫门。⑮“意匠”句：指曹霸苦心构思。⑯斯须：一会儿。真龙：神马。⑰玉花：指画中的玉花骢。却在：反在。⑱“榻上”句：意谓榻上马图和阶前真马两两相对，昂首屹立。⑲圉(yǔ)人：养马的马倌儿。太仆：掌管皇帝车马的官。惆怅：慨叹。⑳韩幹：玄宗时官太府寺丞，初以曹霸为师，后自成一派。入室：得师傅传授。㉑骅(huá)骝(liú)：骏马。㉒“屡貌”句：意谓曹霸罢官后，漂泊零落，甚至常常以给路人画像为生。㉓坎壈(lǎn)：困顿。

【诗解】

诗从曹霸的家世写起，称赞他风流文采一脉相承，潜心研习书画而不慕富贵；继而回顾他奉旨再绘凌烟功臣和摹写玄宗爱骑玉花骢诸事，酣畅淋漓地展现出画家的高超技艺和辉煌过去。然而时过境迁，一代大师晚年非常落拓，作者以悲凉的笔调，满含同情地描述了曹霸因战乱流落民间后的艰苦生活、窘困境遇，抒发了对其遭遇的愤愤不平之情。结尾两句作慰藉语，说古来负盛名者多穷困失意，即是慰人，也是慰己。

观公孙大娘弟子舞剑器行并序[1]

大历二年十月十九日，夔府别驾元持宅，见林颍李十二娘舞剑器，壮其蔚跂，问其所师，曰："余公孙大娘弟子也。"开元三载，余尚童稚，记于郾城观公孙氏舞剑器浑脱，浏漓顿挫，独出冠时，自高头宜春、梨园二伎坊内人，洎外供奉，晓是舞者，圣文神武皇帝初，公孙一人而已。玉貌锦衣，况余白首，今兹弟子，亦非盛颜。既辨其由来，知波澜莫二。抚事慷慨，聊为《剑器行》。昔者吴人张旭，善草书书帖，数常于邺县见公孙大娘舞西河剑器，自此草书长进，豪荡感激，即公孙可知矣。

昔有佳人公孙氏，一舞剑器动四方。观者如山色沮丧[2]，天地为之久低昂。霍如羿射九日落[3]，矫如群帝骖龙翔[4]。来如雷霆收震怒，罢如江海凝清光。绛唇珠袖两寂寞[5]，晚有弟子传芬芳[6]。临颍美人在白帝[7]，妙舞此曲神扬扬。与余问答既有以[8]，感时抚事增惋伤。先帝侍女八千人[9]，公孙剑器初第一。五十年间似反掌，风尘澒洞昏王室[10]。梨园子弟散如烟，女乐余姿映寒日[11]。金粟堆前木已拱[12]，瞿塘石城草萧瑟[13]。玳弦急管曲复终[14]，乐极哀来月东出。老夫不知其所往，足茧荒山转愁疾。

【注释】

①公孙大娘：唐玄宗开元间著名的女舞蹈家。②色沮丧：惊讶失色的样子。③霍（huò）：闪光貌。羿：后羿。④矫：矫捷。

群帝：群仙。骖（cān）：驾驭。⑤绛唇：指歌。珠袖：指舞。⑥芬芳：公孙大娘舞蹈的精华。⑦临颍美人：指李十二娘。⑧既有以：即序中“既辨其由来”之义。⑨先帝：指唐玄宗。⑩澒（hòng）洞：弥漫无际的样子。⑪女乐余姿：指李十二娘的舞蹈犹存着开元盛世的风貌。⑫金粟堆：位于金粟山的玄宗陵。木已拱：意谓墓前的树木已长得双手可以合抱了。⑬瞿塘石城：指白帝城。⑭玳弦：玳瑁饰制的弦乐器。急管：节奏急促的管乐。

【诗解】

杜甫在夔州看到李十二娘舞剑，问其师从何人，得知她是公孙大娘的弟子。公孙大娘是开元年间著名的舞蹈家，尤善舞剑，每当剑舞一起，观者如山，天地嗟叹。那闪烁的剑光，好似后羿射下的太阳划过天际，她矫健的身姿，有如仙子乘龙凌空飞翔，至于气势，发如雷霆震怒，收若江海凝光。在玄宗能歌善舞的八千侍女当中，公孙大娘的剑舞首屈一指。

与已不年轻的李十二娘谈及往事，作者与她都不胜伤感，倏忽而过的五十年间，盛衰巨变，玄宗墓前的树木已然可以合抱，公孙大娘也已寂寂无闻，而她的

高徒则流落至此偏远山城。

最后一支乐舞结束的时候，月亮升起于东天，作者沉浸在更为深切的悲慨之中，心绪烦乱。他不顾脚茧碍步，却漫无目的地疾走在荒山野地之间。

兵车行

车辚辚[①]，马萧萧[②]，行人弓箭各在腰。爷娘妻子走相送[③]，尘埃不见咸阳桥。牵衣顿足拦道哭，哭声直上干云霄[④]。道旁过者问行人，行人但云点行频[⑤]。或从十五北防河[⑥]，便至四十西营田[⑦]。去时里正与裹头[⑧]，归来头白还戍边。边庭流血成海水，武皇开边意未已[⑨]。君不见汉家山东二百州，千村万落生荆杞[⑩]。纵有健妇把锄犁，禾生陇亩无东西[⑪]。况复秦兵耐苦战[⑫]，被驱不异犬与鸡。长者虽有问，役夫敢申恨[⑬]？且如今年冬，未休关西卒[⑭]。县官急索租，租税从何出？信知生男恶[⑮]，反是生女好。生女犹得嫁比邻，生男埋没随百草。君不见青海头[⑯]，古来白骨无人收。新鬼烦冤旧鬼哭，天阴雨湿声啾啾。

【注释】

①辚辚（lín）：车行时发出的咯咯的声音。②萧萧：形容马的嘶鸣声。③妻子：妻子和儿女。④干：犯，冲。⑤点行：按丁口册强制点征入伍。⑥北防河：黄河以北设防。⑦营田：即屯田，

士兵们不作战时垦荒种田。⑧里正：即里长，管理户口、赋役等事。与裹头：替被征者裹头巾。因应征者年龄尚小，所以由里正替他裹头。⑨武皇：汉武帝，他在历史上以开疆扩土著称。此处喻唐玄宗。⑩荆杞：即荆棘。⑪无东西：指庄稼长得不成行列。⑫秦兵：来自秦地的兵士。⑬役夫：被征集的士兵。⑭“未休”句：指因连年交战，关西的士兵不能回家。⑮信知：真的明白。⑯青海：青海湖，唐和吐蕃多交战于此。

【诗解】

诗从父母妻子送征人上路的一幕写起，极言送别场面的凄惨悲恸。就是因为诸多的壮年男子被强征入伍，千家万户因此而失去了家中的顶梁柱，农村中形成了“千村万落生荆杞”的局面，何况官府税赋日重。既然男儿的结局总是战死沙场、埋尸荒野，所以民间流传着“反是生女好”的歌谣。作者以对青海古战场凄惨景象的描写完结全篇，沉痛抒发了对朝廷穷兵黩武行为的愤慨，以及对广大人民所遭受苦难的同情。

丽人行

三月三日天气新[①]，长安水边多丽人。态浓意远淑且真[②]，肌理细腻骨肉匀[③]。绣罗衣裳照暮春，蹙金孔雀银麒麟[④]。头上何所有，翠微㔩叶垂鬓唇[⑤]。背后何所见，珠压腰衱稳称身[⑥]。就中云幕椒房亲[⑦]，赐名大国虢与秦[⑧]。紫驼之峰出翠釜[⑨]，水精之盘行素鳞[⑩]。犀箸

厌饫久未下[11]，鸾刀缕切空纷纶[12]。黄门飞鞚不动尘[13]，御厨络绎送八珍[14]。箫鼓哀吟感鬼神，宾从杂遝实要津[15]。后来鞍马何逡巡[16]，当轩下马入锦茵[17]。杨花雪落覆白蘋，青鸟飞去衔红巾[18]。炙手可热势绝伦，慎莫近前丞相嗔[19]。

【注释】

①三月三日：上巳节。古人常于这一天来到水边祭祀以求去除不祥，后来逐渐变成春游欢宴的节日。②淑且真：优雅而自然。③骨肉匀：指体态匀称。④蹙（cù）：此指刺绣。⑤翠微：薄薄的翡翠片。㔩（è）叶：妇女的发饰。⑥腰衱（jié）：裙带。⑦云幕：画着云彩的帐幕。椒房亲：指杨贵妃的家族。⑧虢（guó）与秦：杨贵妃的两个姐姐被封为虢国夫人和秦国夫人。⑨紫驼之峰：驼峰上的肉。釜：锅。⑩水精之盘：水晶盘。素鳞：洁白的鱼。⑪犀箸：犀牛角做的筷子。厌饫（yù）：因饱而厌食。⑫鸾刀：带有铃铛的刀。缕切：切丝。空纷纶：指厨人们空忙了一番。⑬黄门：宦官的通称。鞚（kòng）：马笼头。不动尘：喻马跑得轻快。⑭八珍：泛指各种珍贵菜肴。⑮杂遝（tà）：纷杂。要津：要职。⑯后来鞍马：指杨国忠。逡巡：形容左顾右盼，甚是得意的样子。⑰锦茵：锦绣地毯。⑱青鸟：传说中的神鸟，为西王母的使者。红巾：红帕。以上两句实是暗指虢国夫人与杨国忠之间的暧昧关系。⑲丞相：指杨国忠。嗔：发怒，生气。

【诗解】

《丽人行》约作于天宝十二载（公元753年），诗的主旨是对杨贵妃兄姐妹们嚣张气焰的指斥和鞭笞。

诗开头从一般丽人写起，描写上巳日曲江水边踏青的丽人如云，体态娴雅、姿色优美、服饰华美，即是陪衬，又十分含蓄。继而笔锋一转，点出虢国夫人与秦国夫人，盛言其排场的盛大、宴游的豪奢及趋炎附势者之众，见出杨氏兄妹的娇宠之态。最后写杨国忠威势煊赫、意气骄恣，并暗示了其淫乱行为。结尾两句将主题点出，但依然不着议论，而是让读者自去批评。

全诗语极铺排，富丽华美中蕴含清刚之气。虽然不见讽刺的语言，但在惟妙惟肖的描摹中，隐含犀利匕首，讥讽入木三分。

春 望

国破山河在①，城春草木深②。感时花溅泪，恨别鸟惊心。

烽火连三月③，家书抵万金④。白头搔更短⑤，浑欲不胜簪⑥。

【注释】

①在：依旧。②草木深：指草木丛生。③烽火：战火。连三月：三月不断，指整个春天。④抵：值，相当。⑤白头：白发。

⑥浑：简直。不胜簪：插不上发簪。

【诗解】

大乱之年，山河依然如故，国家却已是残破不堪，春来，被叛军焚掠过后的长安城杂草丛生、乱树幽深，一派凄凉景象。虽然也能见到春花，听到鸟鸣，但这一点美好的东西更是让作者感慨今昔巨变，他因而见春花而泪洒花上，闻鸟鸣而动魄惊心了。

连月不灭的烽火，让家庭支离破碎，让人们颠沛流离，家书一封是万金难换的，作者已然因国事而忧恨重重，又因惦念家人安危而寝食难安，陷入了无尽的愁烦与焦急当中。焦愁的他不停地搔弄着自己的白发，以至于白发短而又短，近来，连发簪也难以插牢。

月　夜

今夜鄜州月[①]**，闺中只独看**[②]**。遥怜小儿女**[③]**，未解忆长安**[④]**。**

香雾云鬟湿[⑤]**，清辉玉臂寒。何时倚虚幌**[⑥]**，双照泪痕干**[⑦]**。**

【注释】

①鄜（fū）州：今陕西富县。②闺中：指妻子。③小儿女：尚不懂事的子女。④解：懂得。忆长安：思念身在长安的父亲。肃宗至德元载（公元756年），叛军攻陷潼关，杜甫携家眷逃至鄜州，闻肃宗在灵武即位，于是前往效力，途中为叛军所俘，被解回长安。⑤香雾：月夜的雾气。⑥虚幌：薄纱帐。⑦双照：指月光同时照着身处异地的夫妻二人。

【诗解】

全诗别出心裁，言在彼而意在此，不说自己在对月思念妻子，却哀悯在远方的妻子独看明月；不说自己想念年幼的子女，却说他们尚不懂得记挂远方的父亲。“香雾”一联揣想妻子于月下思念自己的情景，尾联接续此情寄出自己对于战乱平息、合家团圆的热切期盼，思致奇特而缜密，情意缠绵而真切。

别房太尉墓

他乡复行役[1]，驻马别孤坟。近泪无干土[2]，低空有断云。

对棋陪谢傅[3]，把剑觅徐君[4]。唯见林花落，莺啼送客闻。

【注释】

①复行役：指再次因公事奔走于他乡。②“近泪”句：意谓

眼泪把脚下的泥土都打湿了。③对棋：对弈。谢傅：指晋朝名将谢安，官至太傅，他喜欢下围棋，此处喻房琯。④“把剑”句：春秋时吴国季札出使晋国时路过徐国，他知道徐君喜欢爱自己的宝剑，本打算返回时相赠，但回来时徐君已去世，他于是解下宝剑挂在徐君墓前的树上而离去。

【诗解】

诗中以谢安比房琯，是在追忆房琯生前的镇定自若、风流儒雅；运用延陵解剑的故事，则表达了诗人对房琯的厚意深情。其中也融入了作者自己政治失意的辛酸。诗人最终在花落鸟啼声中黯然离去，留下了这篇诗文，诉说着胸中那延绵不尽的悲伤。

月夜忆舍弟

戍鼓断人行①，边秋一雁声②。露从今夜白，月是故乡明。

有弟皆分散，无家问死生。寄书长不达③，况乃未休兵④。

【注释】

①戍鼓：戍楼上的更鼓。断人行：指更鼓响后人们便不能再随意行走。②边秋：边地之秋。③长：老是，一直。④况乃：何况是。

【诗解】

秋天的傍晚，戍楼的更鼓警示着交通即将被阻断，寂寥的边地上，回荡着悠远的雁鸣。从今天这一夜开始，秋天将进入到白露时节，当秋月朗朗挂在长空，作者却觉得，它并不如家乡看到的明亮。作者惦念担忧兄弟，悲伤战乱带来的分离，在这个月夜里，他暗自叹息：“平日里给兄弟们寄去书信还常常不能到达，何况战事频仍，生死茫茫更难预料！”

旅夜书怀

细草微风岸，危樯独夜舟[①]。星垂平野阔，月涌大江流。

名岂文章著，官应老病休[②]。飘飘何所似，天地一沙鸥。

【注释】

①危樯(qiáng)：高耸的船桅。独夜舟：夜晚独自行舟。②老病休：因年老多病而离职。

【诗解】

微风吹拂着江岸细草，诗人的孤舟停泊在岸边。星光闪烁，天幕低垂向平野尽头；江水粼粼，拥着月光流向远方。诗人眼观壮阔景象，俯思人生得失，以往坎坷的遭遇，眼下凄凉的境况，让他时而发出“名声岂止是因为我文章作得好”的悲问，时而又转向“年老多病也就应该辞官退休”的沉吟。平静下来，他知道明天依然是孤独漂泊，不禁自问自答地叹道：“我这样飘然一身像个什么？不过像广阔天地间的一只沙鸥罢了。”诗文蕴含着杜甫才不见用、志不得展的孤愤，还有他老病无靠、转徙漂泊的悲哀。

登岳阳楼

昔闻洞庭水，今上岳阳楼。吴楚东南坼[①]，乾坤日夜浮。

亲朋无一字，老病有孤舟。戎马关山北[②]，凭轩涕泗流[③]。

【注释】

①坼（chè）：分裂。②戎马：指战事。关山北：指北方边境。

③凭轩：倚着窗户。涕泗：眼泪鼻涕。

【诗解】

从前只听说过洞庭湖水气象非凡，如今登上了岳阳楼观看，杜甫不由得被深深地震撼了。他为我们这样形容所看到的景象：浩瀚的洞庭湖水，在东南方分开了吴地与楚地的疆界，它洋洋于天地间，吞吐日月，整个宇宙好像日夜飘浮。

洞庭湖的宏伟奇丽，并不能舒展杜甫“亲朋无一字，老病有孤舟”的悲怀，但那一日，让他真正为之凭窗而流泪的，是那北方关塞仍然不休的战事，以及风雨飘摇的山河。

野望

西山白雪三城戍①，南浦清江万里桥②。海内风尘诸弟隔③，天涯涕泪一身遥。惟将迟暮供多病④，未有涓埃答圣朝⑤。跨马出郊时极目⑥，不堪人事日萧条。

【注释】

①西山：在成都西，主峰终年积雪。三城：指松、维、保三州。②清江：指锦江。万里桥：在成都城南。③风尘：比喻战乱。④迟暮：指年老。⑤涓埃：细流与微尘，比喻微小。⑥极目：极目远望。

【诗解】

白雪覆盖的西山护卫着三城，万里桥横跨成都南面清澈的锦江。海内处处都有战争的烟尘，兄弟被分隔在遥远的异乡。

诗人孤身一人漂泊在天涯，因为思念亲人而泪洒衣裳；他无可奈何这迟暮的年纪和缠身的疾病，惭愧自己不能为朝廷贡献哪怕是微小的力量。骑马来到郊外极目远望，诗人看到世事日益萧条，他的心中感到无比地忧伤。

蜀　相[①]

丞相祠堂何处寻，锦官城外柏森森[②]。映阶碧草自春色，隔叶黄鹂空好音。三顾频烦天下计[③]，两朝开济老臣心[④]。出师未捷身先死[⑤]，长使英雄泪满襟。

【注释】

①蜀相：指三国时蜀国丞相诸葛亮。②锦官城：指成都。③三顾：指刘备三顾茅庐一事。频烦：同“频繁”。④两朝：指先主刘备、后主刘禅两朝。开济：开创基业，匡危济难。⑤“出师”句：蜀建兴十二年（公元234年），诸葛亮出师伐魏，因积劳成疾病逝于五丈原。

【诗解】

这首诗是礼赞诸葛丞相的名篇，诗中深情写道：问起在哪里才能找到诸葛丞相的祠堂，它就坐落在锦官城外古柏森森的地方。那映衬着台阶的小草每到春天空自呈现着碧绿春色，那婉转的黄鹂隔着枝叶徒然唱出好听的歌声。诸葛丞相因为感激刘备的三顾相请而出山谋划天下大计；开创基业，扶危济难，先后辅佐了刘家父子两朝。只是他出师未捷就因积劳成疾而病死，千古以来，天下的仁人志士，无不为此泪洒衣裳。

客至

舍南舍北皆春水①，但见群鸥日日来。花径不曾缘客扫②，蓬门今始为君开。盘飧市远无兼味③，樽酒家贫只旧醅④。肯与邻翁相对饮⑤，隔篱呼取尽余杯⑥。

【注释】

①舍：居舍。②缘客扫：因为有客要来而打扫。③盘飧(sūn)：饭食。兼味：两种以上的味道。④醅(pēi)：没有过滤过的米酒。⑤肯：能否。⑥余杯：余下来的酒。

【诗解】

此诗写于成都草堂落成之后。新居落成，虽有绿水环绕、群鸥相伴，心中仍不免感到寂寞。那一天友人来访，诗人不禁唱出了“花间小径还不曾因为客来而扫，长闭的柴门今天要为你而大开”的诗句。因为家境清贫，住的地方又离市集很远，所以招待朋友的饭食非常简单，酒也是旧日所酿。但这些都不影响主客二人把酒言欢，诗人还高声招呼着邻翁共饮作陪，可见主客之间是何等兴高采烈，他们的情谊又是多么地质朴纯真。

闻官军收河南河北

剑外忽传收蓟北[①]，初闻涕泪满衣裳。却看妻子愁何在，漫卷诗书喜欲狂[②]。白日放歌须纵酒[③]，青春作伴好还乡[④]。即从巴峡穿巫峡，便下襄阳向洛阳。

【注释】

①剑外：剑门关外。此指蜀地。蓟北：指今河北北部地区，是安史叛军的根据地。②漫卷：胡乱卷起。③放歌：放声歌唱。④青春：指春光正好。

【诗解】

全诗洋溢着一种杜诗中极为少见的激动愉悦之情，反映着诗人当时如同拨云见日般畅快的心情。无论是初闻消息时的泪满衣裳，还是随后漫卷诗书的癫狂，无不是因喜极而起。那放歌纵酒的豪情，急归故乡的渴望，都因诗人认为国事与命运从此俱会峰回路转而生。杜甫于是催促妻子赶快整理行装，在他的想象中，明日自己便可以登上回乡的轻舟，穿峡过江，从此翻开人生新的一章了。

登 高

风急天高猿啸哀，渚清沙白鸟飞回[1]。无边落木萧萧下，不尽长江滚滚来。万里悲秋常作客，百年多病独登台[2]。艰难苦恨繁霜鬓[3]，潦倒新停浊酒杯[4]。

【注释】

①渚：水中的小洲。回：回旋。②百年：一生。③繁霜鬓：两鬓白发日增。④“潦倒”句：这时杜甫正因病戒酒。

【诗解】

天空寥廓，秋风甚急。急风中夹着一声声凄厉的猿啼，寒冷的沙洲上空，飞鸟盘旋不下。向远方眺望，无边无际的落叶萧萧落下，奔流不息的长江汹涌而来。

悲秋万里本已引人忧愁，而况诗人常年漂流为客，如今拖着年老多病的身躯，独自登眺在无人的高台，景况真可谓凄苦已极。然而人生的种种艰难苦恨正在让他的白发日益增多，近来，因为潦倒困顿，却又逼得他不能以酒遣怀。

登 楼

花近高楼伤客心，万方多难此登临。锦江春色来天地[1]，玉垒浮云变古今[2]。北极朝廷终不改，西山寇盗莫相侵[3]。可怜后主还祠庙[4]，日暮聊为梁甫吟[5]。

【注释】

①锦江：在今四川成都市南。②玉垒：山名，在今四川都江堰市西。③西山寇盗：指吐蕃。④“可怜”句：意谓后主刘禅庸碌，但依靠诸葛亮的辅佐，故至今还有祠庙。⑤梁甫吟：乐府篇名，相传诸葛亮南阳隐居时好为此歌。

【诗解】

登上高楼，楼下繁花似锦，但诗人看到却感到哀伤，因为流落他乡时间已久，全国各地仍旧祸难重重。凭楼四望，锦江春色漫天彻地地汹涌而来；玉垒山间的浮云飘忽起灭，好似古往今来的风云变幻。

坚信大唐的气运会像北极星一样万古不衰，诗人奉劝西山的盗寇不要再徒劳地前来侵扰。想起庸碌的刘禅依靠诸葛亮的辅佐，至今还有祠庙，诗人在苍茫的暮色中，情不自禁地轻吟起诸葛丞相生前喜爱的诗歌。

咏怀古迹

其　一

支离东北风尘际[1]，飘泊西南天地间。三峡楼台淹

日月[2]，五溪衣服共云山[3]。羯胡事主终无赖[4]，词客哀时且未还[5]。庾信平生最萧瑟[6]，暮年诗赋动江关。

【注释】

①支离：流离。东北：从蜀地讲，关中是东北。风尘际：战尘四起的年代。②淹：滞留。日月：岁月。③五溪衣服：泛指夔州地区少数民族的服装。共云山：是说自己与当地人一同居住。④羯胡：指安禄山。⑤词客：南北朝时羁滞于北国而不得南归的诗人庾信，作者用来比喻自己。⑥萧瑟：庾信平生常作凄凉悲楚的诗，故云。

【诗解】

杜甫非常推崇庾信的诗文，一方面是出于艺术上的欣赏，一方面是身世相近——晚年都因国难而漂泊异乡。诗文中说，因为关中的战乱而流落西南蜀地，在三峡少数民族居住的地方，已经滞留很长时间了。由于羯胡安禄山的狡猾反复，使得自己遭受了和庾信一样的羁滞命运。

末二句赞扬庾信生平虽然坎坷悲凉，然而文风却因此而大变，暮年诗赋震动江关。这实际上又写入了作者自己的影子。

其　二

摇落深知宋玉悲[1]，风流儒雅亦吾师。怅望千秋一洒泪，萧条异代不同时。江山故宅空文藻[2]，云雨荒台岂梦思[3]？最是楚宫俱泯灭，舟人指点到今疑。

【注释】

①“摇落”句：宋玉《九辩》有：“悲哉秋之为气也，萧瑟兮草木摇落而变衰。”②空文藻：空留下来文采。③“云雨”句：宋玉曾作《高唐赋》，述楚王游高唐时曾于梦中见一妇人，自称是巫山之女，楚王因而幸之。神女离去时而告辞说：“妾在巫山之阳，高丘之岨，旦为行云，暮为行雨，朝朝暮暮，阳台之下。”

【诗解】

诗人看到秋天里草木摇落衰败，想起宋玉当日面对相同情景写下的悲歌，他感叹宋玉风流儒雅堪为人师，并由其一生遭遇联系到自己的身世，发出了时代不同但萧条失意却并无差别的慨叹。宋玉在《高唐赋》中叙写了巫山神女与楚王梦中相会的故事讥刺君王淫逸，然而他的华丽的文章却被后人看成描写荒淫梦境的代表，人们至今还在楚宫遗址猜测着故事发生的地点。杜甫因此而深为宋玉不平，故而发出了“云雨荒台岂梦思”的反问。

其　三

群山万壑赴荆门[①]，生长明妃尚有村[②]。一去紫台连朔漠[③]，独留青冢向黄昏[④]。画图省识春风面[⑤]，环佩空归月夜魂[⑥]。千载琵琶作胡语，分明怨恨曲中论。

【注释】

①荆门：荆门山，在湖北宜都西北。②明妃：即王昭君。昭

君村在归州东北。尚有村：尚有她生长的村庄。③紫台：指皇宫。朔漠：指匈奴所居之地。④青冢：即昭君墓。传说每到深秋时节，北方草木皆枯，唯独昭君墓上小草青青依旧。⑤“画图”句：意谓汉元帝对着图画岂能得知昭君美丽的容颜。画图：指画工毛延寿因昭君不肯行贿于他而故意丑化她的事。省（xǐng）识：认识。⑥环佩：指代昭君。月夜魂：指昭君生不得归汉，只有死后的灵魂从月夜归来。

【诗解】

谁说昭君生长的地方不需用如此雄奇的笔力来描绘？这位去国和亲的一代名妃身上，不正凝聚着天地山川的灵慧秀美？然而昭君的美丽却只因一张故意作难的画像就被弃置一旁，致使她一朝远嫁匈奴，身后唯留下青草覆盖的坟冢面向着大漠黄昏，生她养她的故乡也只空等来女儿返归的游魂。悠悠千载，世间依旧流传着昭君因为思念故乡而时时弹起的琵琶曲，而琵琶声声里，分明寄寓着她生前无限的忧思怨恨。

其　四

蜀主窥吴幸三峡①，崩年亦在永安宫②。翠华想象空山里③，玉殿虚无野寺中。古庙杉松巢水鹤，岁时伏腊

走村翁[4]。武侯祠屋常邻近[5]，一体君臣祭祀同。

【注释】

①蜀主：指刘备。②崩：皇帝死曰崩。永安宫：即白帝城。③翠华：皇帝仪仗中用翠鸟羽毛作装饰的旗帜。④伏腊：伏天腊月。此指每逢节气常有村民前往祭奠。⑤武侯：诸葛亮曾封武乡侯。

【诗解】

杜甫对三国时刘备与诸葛亮的君臣遇合十分赞赏，这次来到蜀先主庙，自然是颇为感慨的。

当年刘备由此地出峡攻吴，兵败后病死在此，时光荏苒，昔日蜀主的仪仗行宫全化作了如今的空山野寺。蜀主庙周围遍植杉松，悠闲的水鹤在树林里安巢。过年过节，附近村庄的老翁就前来祭祀。而有先主庙的地方常有武侯祠临近坐落，他们君臣二人即便死后也如同一体，享受着相同的祭祀。诗文寄托着作者向往的君臣关系，饱含对二位先贤的深深缅怀之情。

其　五

诸葛大名垂宇宙，宗臣遗像肃清高[1]。三分割据纡筹策[2]，万古云霄一羽毛[3]。伯仲之间见伊吕[4]，指挥若定失萧曹[5]。运移汉祚终难复[6]，志决身歼军务劳[7]。

【注释】

①宗臣：世所崇仰的重臣。肃清高：因其人品纯洁高尚而肃

然起敬。②纡（yū）：指曲折周密地安排部署。③羽毛：指鸾凤。④伊吕：指商代伊尹和周代吕尚，二人都是辅佐贤主开国的名相。⑤失萧曹：使高祖刘邦的谋臣萧何、曹参也为之逊色。⑥运移汉祚（zuò）：意谓气运要倾覆汉朝。祚：帝位。⑦身歼：身死。

【诗解】

对诸葛亮推崇备至的杜甫来到武侯祠，看到这位千古流芳的贤臣的遗像，心中充满了无比的敬慕之情。诗人赞颂诸葛丞相运筹帷幄、三分天下的雄才大略，将他比作经历万古仍振翅云霄的鸾凤。视他为与伊尹、吕尚不分上下的贤相，称他是使萧何、曹参也黯然失色的战略家。末尾两句说汉朝气数已尽，难以恢复，丞相矢志恢复汉室，但终于因为军务繁忙，积劳成疾而死在征途。这既是对诸葛亮“鞠躬尽瘁，死而后已”的坚贞品质的赞颂，也是对英雄未遂平生之志的深切叹惋。

江南逢李龟年

岐王宅里寻常见[1]，崔九堂前几度闻[2]。
正是江南好风景，落花时节又逢君。

【注释】

①岐王：睿宗第四子李范，封岐王。②崔九：殿中监崔涤，玄宗宠臣。

【诗解】

曾经常常在岐王府第见到你，曾经好几次在崔九堂前聆听你的歌声，而今正是江南景色美好的时候，纷纷落花中我又遇到了你。诗文“刚开头却又煞了尾”，连一句也不愿多说，字里行间却蕴含着治乱盛衰的无限感慨，还有故人在漂泊中重逢，黯然相对的不尽凄凉。

崔　颢

崔颢（公元 714 ~ 754 年），汴州（今河南开封）人，开元十一年（公元 723 年）进士及第。性格放荡不羁。曾为太仆寺丞，天宝中为司勋员外郎。早期诗多写闺情，后历边塞，诗风变为苍凉奔放。《全唐诗》存诗一卷。

黄鹤楼

昔人已乘黄鹤去[1]，此地空余黄鹤楼。黄鹤一去不复返，白云千载空悠悠。晴川历历汉阳树[2]，芳草萋萋鹦鹉洲[3]。日暮乡关何处是[4]，烟波江上使人愁。

【注释】

①昔人：指传说中的仙人。②历历：景物清晰分明的样子。汉

阳：在武昌（黄鹤楼所在地）西。③鹦鹉洲：在今武汉市西南长江中，相传因东汉祢衡在此作《鹦鹉赋》而得名。④乡关：家乡。

【诗解】

黄鹤楼因传说中有仙人驾鹤经过而得名，作者登上高楼，感念那古老的传说，感慨仙去楼空，只留下千载白云。

于此巍巍高楼临江眺望，千里晴川映入眼帘，还有清清楚楚的汉阳树，芳草萋萋的鹦鹉洲，只是作者一直望到日暮时分，却不曾找到家乡的所在。暮雾下的大江，烟波迷茫，独立高楼的作者，满怀乡愁。

长干行

其 一

君家何处住，妾住在横塘。
停船暂借问，或恐是同乡。

其 二

家临九江水，来去九江侧。
同是长干人，生小不相识。

【诗解】

这里虽然选入的是两首诗，实际上是一问一答，前一首是女子在向男子发问："我住在横塘，你住在什么地方啊？我停下船来作此一问，是因为想到或许我们是同乡。”后一首是男子作答：“我的家临着九江水，常常来往于九江两侧。我们都住在长干里，但是从小并不相识啊……”诗以白描手法，朴素自然的语言，描写了这对同是长干人却并不相识的青年男女萍水相逢时的情景，二人相见恨晚之意了然其中，对白坦诚大方，毫无忸怩做作之态。

岑 参

岑参（公元 715 ~ 769 年），江陵（今湖北江陵）人。少孤寒，初隐襄阳，二十岁献书阙下。天宝进士。天宝八载（公元 749 年）入安西四镇节度使高仙芝幕掌书记，天宝十三年充安西（今新疆库车）、北庭（今新疆吉木萨尔）节度判官。肃宗时历任右补阙、起居舍人、虢州长史等职。后罢官客死成都旅舍。岑参久佐戎幕，以边塞诗名世，是盛唐边塞诗派代表之一，与高适并称“高岑”。其诗气势豪迈，情辞慷慨，文采瑰丽，体现了“盛唐气象”。《全唐诗》存诗四卷。有《岑嘉州集》。

轮台歌奉送封大夫出师西征

轮台城头夜吹角①，轮台城北旄头落②。羽书昨夜过渠黎③，单于已在金山西。戍楼西望烟尘黑④，汉军屯在轮台北。上将拥旄西出征⑤，平明吹笛大军行。四边伐鼓雪海涌，三军大呼阴山动。虏塞兵气连云屯⑥，战场

白骨缠草根。剑河风急云片阔，沙口石冻马蹄脱⑦。亚相勤王甘苦辛⑧，誓将报主静边尘。古来青史谁不见，今见功名胜古人⑨。

【注释】

①角：军中号角。②轮台：今新疆米泉境。旄头落：指胡人败亡之兆。旄头：星宿名，旧时以为胡星。③羽书：紧急文书。渠黎：西域国名。④烟尘黑：指敌军迫近。⑤旄：旗杆上的饰物，指军旗。⑥虏塞：敌方要塞。屯：聚集。⑦剑河、沙口：均在今新疆境内。⑧亚相：封常清官御使大夫，位次于宰相。勤王：操劳王事。⑨“今见”句：意在赞美封常清功业胜过古人。

【诗解】

此诗与前篇《走马川行奉送封大夫出师西征》同为一事、一人而作，但叙事的侧重有所不同。前篇着力于描写边塞环境的恶劣和大军夜间艰苦行进的情景，本诗则侧重于描写唐军军威的雄壮和大将出征的气势，从而表达出作者对于封大夫誓定边尘的报国功业的敬慕之情。全诗充满了浪漫主义的激情和边塞生活的气息，这是盛唐边塞诗独具的积极向上的风格。

白雪歌送武判官归京

北风卷地白草折，胡天八月即飞雪。忽如一夜春风来，千树万树梨花开。散入珠帘湿罗幕，狐裘不暖锦衾薄[1]。将军角弓不得控，都护铁衣冷难著[2]。瀚海阑干百丈冰[3]，愁云惨淡万里凝。中军置酒饮归客[4]，胡琴琵琶与羌笛。纷纷暮雪下辕门，风掣红旗冻不翻[5]。轮台东门送君去，去时雪满天山路[6]。山回路转不见君，雪上空留马行处。

【注释】

①衾（qīn）：被子。②著（zhuó）：穿。③瀚海：大沙漠。阑干：纵横之貌。④中军：此指中军帐内。⑤“风掣（chè）”句：意谓红旗已然冰冻，风吹时也不再飘动。⑥天山：在今新疆境内。

【诗解】

西北边地，八月飞雪，雪降有如一夜春风忽起，吹得万树枝头梨花绽放。

边地的雪纷纷扬扬，雪花飘入珠帘，浸湿了罗幕，那份冰冻寒冷，让狐裘不暖，锦被嫌薄，将军拉不开擅长的强弓，都护难以穿上护身的铁铠。无垠瀚漠，纵横的是百丈坚冰，天色惨淡，凝结着万里愁云。

就是在这样的一天，作者的朋友武判官将要返京，大家为他在中军帐置酒饯行。在胡琴、琵琶与羌笛的合奏声中，他们依依惜别，难分难舍，直至傍晚雪势又盛。

作者于轮台东门送别武判官，他看到皑皑白雪早把山路覆盖，心中不禁为友人的前程担忧。当友人的身影终于消失在这雪暮的山回路转之中，他空望着雪地上友人远走的行迹，久久不肯离去……

逢入京使

故园东望路漫漫，双袖龙钟泪不干①。

马上相逢无纸笔，凭君传语报平安。

【注释】

①龙钟：湿漉漉的样子。

【诗解】

前往之地是荒僻寥廓的绝域，一路的奔波劳苦令诗人身心疲惫，回望故乡但见长路漫漫、风烟渺茫，他终于耐不住心中的相思和眷恋，潸然泪下了。马上相逢进京的使者，无法取纸笔详写家书，万般无奈之下，诗人只好委托使者传口信向家中报平安。这“平安”二字，可以让家人感到欣慰，却蕴含着作者的无限辛酸。

韦应物

韦应物（公元737～约792年）京兆长安（今陕西西安）人。出身关中望族，少任侠，以门资恩荫入官为三卫郎。后折节读书，曾任左司郎中、江州刺史、苏州刺史，人称“韦江州”、“韦苏州”。韦应物秉性高洁，诗以写山水田园著名，淡远清瑟，人比之陶潜。白居易曾赞“高雅闲澹，自成一家之体”。《全唐诗》存诗十卷，有《韦苏州集》。

送杨氏女

永日方慽慽①，出行复悠悠②。女子今有行，大江溯轻舟③。尔辈苦无恃，抚念益慈柔④。幼为长所育，两别泣不休。对此结中肠⑤，义往难复留⑥。自小阙内训⑦，事姑贻我忧⑧。赖兹托令门⑨，任恤庶无尤⑩。贫俭诚所尚⑪，资从岂待周⑫。孝恭遵妇道⑬，容止顺其猷⑭。别离在今晨，见尔当何秋⑮？居闲始自遣，临感忽难收⑯。归来视幼女，零泪缘缨流⑰。

【注释】

①永日：漫长的一天。方：正。慽慽：悲伤。②出行：指远嫁。悠悠：遥远。③溯（sù）：逆流而上。④“尔辈”两句：是说你们从小丧母，孤苦无依，所以我对你们的抚育就更加慈爱温柔。⑤结中肠：哀伤之情郁结于心。⑥义往：指女儿已到出嫁年龄，理当嫁人。⑦阙（quē）：同“缺”。内训：闺门之教。⑧事

姑：侍奉婆婆。贻（yí）我忧：让我忧虑。⑨赖：全赖。托令门：托付于好人家。⑩任恤（xù）：信任体恤。庶无尤：指不苛求，差不多没有过失就可以了。⑪诚所尚：诚然是所崇尚的。⑫资从：嫁妆。岂待周：何必完备齐全？⑬孝恭：孝顺恭敬。⑭容止：仪容举止。猷（yóu）：规矩。⑮当何秋：要到何年？⑯“居闲”两句：意谓平日里就开始自我排遣，谁知临别又伤感得难以控制。⑰零泪：流泪。缘：沿着。缨：系在下巴下的帽带。

【诗解】

韦应物的妻子早亡，给他留下了两个女儿。父女三人相依为命，先是自己既当爹又当娘，后是长女抚育幼女，直到长女即将远嫁。

作者虽然知道“女大当嫁”是人之常情，然而骨肉分离的痛苦实在让他难于承受，他望着妹妹抱着姐姐哭得如同泪人儿的样子，心情悲切到了极点。女儿临行之际，他一再地叮嘱她，到了婆家要恪守妇道，遵守家规，要精心侍奉婆婆；同时寄语女儿的婆家，自己一贯崇尚简朴，所以女儿的嫁妆不算十分的丰厚，此次把女儿托付给他们，希望他们能够多多怜惜。

诗人送长女归来后看幼女孤零零的一个人，自己更是泪流不止。全诗用朴实无华的语言写出了真实感人的慈父形象。

淮上喜会梁川故人

江汉曾为客[1]，相逢每醉还。
浮云一别后，流水十年间。
欢笑情如旧，萧疏鬓已斑[2]。
何因不归去，淮上有秋山。

【注释】

①江汉：即汉江。②萧疏：稀疏。 斑：斑白。

【诗解】

曾与他同在江汉为客，与他相逢必醉，但人生聚散如浮云，年华易逝若流水，那一别十年不见。今朝幸得重逢，举杯畅谈，默契如故，所改唯有鬓发，已然萧疏斑白。作者问起梁川故人："什么原因让留恋此地而不思归乡？"转而静默不语，与他同看淮上美丽的秋山风华。

赋得暮雨送李曹

楚江微雨里[1]，建业暮钟时[2]。漠漠帆来重[3]，冥冥鸟去迟[4]。

海门深不见[5]，浦树远含滋[6]。相送情无限，沾襟比散丝[7]。

【注释】

①楚江：长江。②建业：今江苏省南京市，古称建业。③漠漠：水汽迷茫的样子。④冥冥：形容天色昏暗，细雨蒙蒙。⑤海门：长江入海处。⑥浦树：江边的树。⑦沾襟：指泪水沾襟。散丝：指细雨。

【诗解】

此诗是作者为友人送别之作。全诗紧抓“暮雨”二字，渲染送别时周围景象的凄清孤冷：迷蒙的微雨，沉响的暮钟，被水汽浸染得湿重的船帆，因羽翼尽沾雨水而不能疾飞的归鸟。如此景象，纵然不是送别之际也能让人心神不舒，何况作者是看着友人的客船驶向江海深处，消失在茫茫烟雨当中。全诗前三联都是写景，只有最后一联抒情，说自己与友人离情无限，绵绵情意正如密密斜织的雨丝。

寄李儋元锡

去年花里逢君别，今日花开又一年。世事茫茫难自料，春愁黯黯独成眠。身多疾病思田里[①]，邑有流亡愧俸钱[②]。闻道欲来相问讯，西楼望月几回圆。

【注释】

①思田里：指想要归隐田园。②邑：指自己管辖的县邑。

【诗解】

诗是写给友人的。诗中写道：去年花里将你送别，今日花开，转眼已一年了。世事茫茫不清我不能预料，近来，带着淡淡春愁，我心情落寞地独自入眠。因为身体多有疾病，我常常想要回归田园，但管辖的地方还有流亡的百姓，这又让我觉得未尽职守，有愧于国家发放的俸钱。听你说要来我这里探问，我常站在西楼盼望，月儿已经圆了几回。

滁州西涧[1]

独怜幽草涧边生，上有黄鹂深树鸣。
春潮带雨晚来急，野渡无人舟自横。

【注释】

①滁州：今安徽滁州市。西涧：西面的山间溪流。

【诗解】

怜爱的是涧边幽草，自枯自荣；听的是浓荫中黄鹂的独鸣，清越婉转；有感于眼前的野渡孤舟，春潮急雨袭来时无从用力，只是顺势纵横。诗文描写是滁州西边山间溪流的景色，不但结合着诗人其时幽寂的心境，“春潮”二句中所蕴寓的感受，更是与他困厄却又无奈的处境息息相通。

张　继

张继（生卒年不详）字懿孙，南阳（今属河南）人，一说襄州（今湖北襄阳）人。天宝进士，至德年间曾为御史，大历末年任检校祠部员外郎，分掌财赋于洪州。张继为官清廉，关心人民疾苦。其诗多登临记行之作，诗风清远，不务雕琢。《全唐诗》收诗一卷。有《张祠部诗集》。

枫桥夜泊

月落乌啼霜满天，江枫渔火对愁眠。

姑苏城外寒山寺①，夜半钟声到客船。

【注释】

①姑苏：苏州。寒山寺：传高僧寒山居此而得名。

【诗解】

枫叶如火的季节里，诗人离家又是一年了。夜泊于苏州城外的枫桥，面对着满天霜华、星星渔火、瑟瑟江枫，还有那即将落下的秋月，他乡愁难解，怀思难眠。辗转反侧之际，几声栖而复惊的鸦啼提醒他：夜已深沉。这时候，城外寒山寺的钟声悠然响起，一声声、一下下传到客舟之上，传入不眠之人耳中，契合着思乡的心律，

扣打着游子的心扉。

孟郊

孟郊（公元751～814年）字东野，湖州武康（今浙江德清）人。少隐嵩山，德宗贞元十二年（公元796年）登进士第（当时已四十六岁）。五十岁出任溧阳县尉。孟郊秉性孤直，终生贫困潦倒，死后竟无钱下葬。诗与韩愈齐名，为韩孟诗派的开派人物。其诗主张“下笔证兴亡，陈词备风骨”，同时追求“入深得奇趣”。大部分诗则抒写个人的穷苦情怀，与贾岛有相似处，故有“郊寒岛瘦”的说法。《全唐诗》收诗五卷。有《孟东野诗集》。

列女操

梧桐相待老①，鸳鸯会双死。贞妇贵殉夫，舍生亦如此。波澜誓不起②，妾心古井水。

【注释】

①梧桐：梧为雄树，桐为雌树。②波澜誓不起：意谓心中不会再起波澜。

【诗解】

梧桐相伴到老，鸳鸯不肯独活，夫君一亡，贞烈女子便会以身殉夫，即使存活于世，也是心如古井之水，不会再起波澜。礼法令人殉则可怜，深情使人贞则可敬。本诗比喻贴切，清明如话，颇有民歌风味，让人过目不忘。

游子吟

慈母手中线，游子身上衣。临行密密缝，意恐迟迟归。谁言寸草心①，报得三春晖②？

【注释】

①寸草心：小草的嫩心，比喻天下儿女之心。②三春晖：春日温暖的阳光，比喻母爱的温暖。

【诗解】

母亲的细针密线织就了游子身上的征衣，游子将要离家的时候，母亲会将衣服缝补得更加结实，以确保它们能帮游子抵挡风寒；她其实更希望游子能早早归来，那样她才能真正地放下心来。全诗短短数语，但从古至今感动了千万读者，是描写亲情难得的佳作。

白居易

白居易（公元 772 ~ 846 年），字乐天，晚年号香山居士。贞元十六年（公元 800 年）进士，授秘书省校书郎。元和年间任左拾遗及左赞善大夫。后因上表请求严缉刺死宰相武元衡的凶手，得罪权贵，贬为江州司马。长庆初年任杭州刺史，宝历初年任苏州刺史，后官至刑部尚书。在文学上，白居易主张“文章合为时而著，歌诗合为事而作”，是新乐府运动的倡导者。其诗通俗易懂，相传诗作要老妪听懂为止。同元稹并称“元白”。有《白香山集》。

长恨歌

汉皇重色思倾国[①]，御宇多年求不得[②]。杨家有女初长成，养在深闺人未识。天生丽质难自弃，一朝选在君王侧。回眸一笑百媚生，六宫粉黛无颜色。春寒赐浴华清池，温泉水滑洗凝脂。侍儿扶起娇无力，始是新承恩泽时。云鬓花颜金步摇，芙蓉帐暖度春宵。春宵苦短日高起，从此君王不早朝。承欢侍宴无闲暇，春从春游夜专夜。后宫佳丽三千人，三千宠爱在一身。金屋妆成娇侍夜，玉楼宴罢醉和春[③]。姊妹弟兄皆列土[④]，可怜光彩生门户。遂令天下父母心，不重生男重生女。骊宫高处入青云，仙乐风飘处处闻。缓歌慢舞凝丝竹[⑤]，尽日君王看不足。渔阳鼙鼓动地来[⑥]，惊破霓裳羽衣曲。九重城阙烟尘生，千乘万骑西南行。翠华摇摇行复止[⑦]，西出都门百余里。六军不发无奈何，宛转蛾眉马前死。花钿委地无人收[⑧]，翠翘金雀玉搔头[⑨]。君王掩面救不得，回看血泪相和流。黄埃散漫风萧索，云栈萦纡登剑阁[⑩]。峨嵋山下少人行，旌旗无光日色薄。蜀江水碧蜀山青，圣主朝朝暮暮情。行宫见月伤心色，夜雨闻铃肠断声。天旋地转回龙驭[⑪]，到此踌躇不能去。马嵬坡下泥土中，不见玉颜空死处。君臣相顾尽沾衣，东望都门信马归[⑫]。归来池苑皆依旧，太液芙蓉未央柳[⑬]。芙蓉如面柳如眉，对此如何不泪垂？春风桃李花开日，秋雨梧桐叶落时。西宫南内多秋草，落叶满阶红不扫。梨园弟子白发新，椒房阿监青娥老[14]。夕殿萤飞思悄然，孤灯挑尽未成眠。迟迟钟鼓初长夜，耿耿星河欲曙天。鸳鸯瓦冷霜华重，翡翠衾寒谁与共。悠悠生死别经年，魂魄不曾来入梦。临邛道士鸿都客[15]，能以精诚致魂魄[16]。为感君王辗转思，遂教方士殷勤觅[17]。排空驭气奔如电，升天入地求之遍。上穷碧落下黄泉，两处茫茫皆不见。忽闻海上有仙山，山在虚无缥渺间。楼阁玲珑五云起，其中绰约多仙子。中有一人字太真[18]，雪肤花貌参差是。金阙西厢叩玉扃[19]，转教小玉报双成[20]。闻道汉家天子使，九华帐里梦魂惊。揽衣推枕起徘徊，珠箔银屏迤逦开[21]。云鬓半偏新睡觉[22]，花冠不整下堂来。风吹仙袂飘飘举[23]，犹似霓裳羽衣舞。玉容寂寞泪阑干[24]，梨花一枝春带雨。含情凝睇谢君王[25]，一别音容两渺

茫。昭阳殿里恩爱绝，蓬莱宫中日月长。回头下望人寰处，不见长安见尘雾。惟将旧物表深情，钿合金钗寄将去。钗留一股合一扇，钗擘黄金合分钿㉖。但教心似金钿坚，天上人间会相见。临别殷勤重寄词，词中有誓两心知。七月七日长生殿，夜半无人私语时。在天愿作比翼鸟，在地愿为连理枝。天长地久有时尽，此恨绵绵无绝期。

【注释】

①汉皇：指唐玄宗。②御宇：统御天下。③醉和春：醉意伴随着春意。④列土：分封领地。⑤凝丝竹：喻歌舞紧扣音乐声。⑥“渔阳”句：指安禄山在渔阳起兵叛乱。鼙（pí）鼓：军队中用的小鼓。⑦翠华：皇帝仪仗中用翠鸟羽毛作装饰的旗帜。⑧花钿（diàn）：花朵形首饰。⑨翠翘、金雀、玉搔头：均是杨贵妃所佩带的钗簪。⑩云栈（zhàn）：高入云霄的栈道。剑阁：在今四川剑阁东北大剑山、小剑山之间，为由陕入川的必经之路。⑪“天旋”句：指局势转变，玄宗还京。龙驭（yù）：皇帝的车驾。⑫信马归：任马驰骋而归。⑬太液：太液池。未央：未央宫。⑭椒房：后妃们住的地方。 阿监：指宫中女官。⑮“临邛（qióng）”句：意谓来自蜀中，作客长安的道士。临邛：今四川邛崃。鸿都：汉宫门名，此指长安。⑯致魂魄：将灵魂招来。⑯方士：有道术的人。⑱太真：杨贵妃为女道士时号太真。⑲扃（jiōng）：门户。⑳转教：指请侍女通报。小玉、双成：指太真侍女。㉑珠箔：珠帘。迤逦开：谓层层敞开。㉒新睡觉：刚睡醒。㉓袂（mèi）：衣袖。㉔阑干：形容泪水横流的样子。㉕凝睇（dì）：凝视。㉖擘

(bāi)：分开。

【诗解】

白居易的《长恨歌》是古典诗歌中的不朽之作，从它问世到现在十二个世纪的漫长岁月里，始终是传唱不衰，保持着极强的生命力。作者作此歌的初衷本是“惩尤物，窒乱阶，垂丁将来”（《长恨歌传》），可以说是将《长恨歌》的主题定为了“耽色误国”，然而却在写作的过程当中为李、杨二人凄美的爱情故事所裹挟，不由自主地写出了这首千古绝唱。全诗将叙事、写景、抒情三者完美地结合在一起，将一幅幅浸透人间悲喜、饱含荣枯变化的画面展现在人们面前，动情讲述了一个朝代由盛而衰的历史，一位帝王由喜而悲的爱情，旷世的爱情与流传千古的佳句同样具有无穷魅力，超越了时空的阻隔和生命的极限，最终达到一种永恒的境界。

琵琶行并序

元和十年，余左迁九江郡司马。明年秋，送客湓浦口，闻舟中夜弹琵琶者。听其音，铮铮然有京都声。问其人，本长安倡女，尝学琵琶于曹、穆二善才，年长色衰，委身为贾人妇。遂命酒，使快弹数曲。曲罢悯然，自叙少小时欢乐事，今漂沦憔悴，转徙于江湖间。余出官二年，恬然自安，感斯人言，是夕始觉有迁谪意。因为长句，歌以赠之，凡六百一十二言，命曰《琵琶行》。

浔阳江头夜送客，枫叶荻花秋瑟瑟。主人下马客在

船，举酒欲饮无管弦。醉不成欢惨将别，别时茫茫江浸月。忽闻水上琵琶声，主人忘归客不发。寻声暗问弹者谁，琵琶声停欲语迟[1]。移船相近邀相见，添酒回灯重开宴。千呼万唤始出来，犹抱琵琶半遮面。转轴拨弦三两声[2]，未成曲调先有情。弦弦掩抑声声思，似诉生平不得志。低眉信手续续弹，说尽心中无限事。轻拢慢捻抹复挑，初为霓裳后六幺[3]。大弦嘈嘈如急雨，小弦切切如私语[4]。嘈嘈切切错杂弹，大珠小珠落玉盘。间关莺语花底滑[5]，幽咽泉流水下难。冰泉冷涩弦凝绝，凝绝不通声渐歇[6]。别有幽愁暗恨生，此时无声胜有声。银瓶乍破水浆迸，铁骑突出刀枪鸣[7]。曲终收拨当心画[8]，四弦一声如裂帛。东船西舫悄无言，唯见江心秋月白。沉吟放拨插弦中，整顿衣裳起敛容。自言本是京城女，家在虾蟆陵下住。十三学得琵琶成，名属教坊第一部。曲罢常曾善才伏[9]，妆成每被秋娘妒[10]。五陵年少争缠头[11]，一曲红绡不知数。钿头银篦击节碎[12]，血色罗裙翻酒污。今年欢笑复明年，秋月春风等闲度。弟走从军阿姨死，暮去朝来颜色故[13]。门前冷落车马稀，老大嫁作商人妇。商人重利轻别离，前月浮梁买茶去[14]。去来江口守空船，绕舱明月江水寒。夜深忽梦少年事，梦啼妆泪红阑干[15]。我闻琵琶已叹息，又闻此语重唧唧。同是天涯沦落人，相逢何必曾相识。我从去年辞帝京，谪居卧病浔阳城。浔阳地僻无音乐，终岁不闻丝竹声。住近湓江地低湿[16]，黄芦苦竹绕宅生。其间旦暮闻何物，杜鹃啼血猿哀鸣。春江花朝秋月夜，往往取酒还独倾[17]。岂无山歌与村笛，呕哑嘲哳难为听[18]。今夜闻君琵琶语，如听仙乐耳暂明。莫辞更坐弹一曲，为君翻作琵琶行。感我此言良久立，却坐促弦弦转急[19]。凄凄不似向前声，满座重闻皆掩泣。座中泣下谁最多，江州司马青衫湿[20]。

【注释】

①欲语迟：欲说还休。②转轴：转动琵琶上琴柱调音色。③霓裳：《霓裳羽衣曲》。六幺：曲名。④大弦、小弦：分别指琵琶上最粗的弦和最细的弦。⑤间关：象声词，形容婉转的鸟鸣声。⑥“水泉冷涩”两句：意谓琵琶声好像水泉冷涩一样渐缓渐停，直至中断。⑦“银瓶”两句：形容琵琶声忽而铿然响起，如同银瓶迸裂水浆四溅，又如铁骑突出刀枪齐鸣。⑧拨：拨弦的用具。当心画：用拨当着琵琶的中心用力一划。⑨善才：善弹者。⑩秋娘：泛指歌伎。⑪缠头：唐时艺伎表演完毕，观者多以绫

帛为赠，称为缠头。⑫“钿头”句：意谓欢乐时便以首饰击节打拍，以至于首饰常常断裂破碎。钿头银篦：两端镶有金玉花形的银篦子。⑬颜色故：姿容衰老。⑭浮梁：今江西景德镇。⑮阑干：指泪水横流的样子。⑯湓（pén）江：在今江西瑞昌，临九江。⑰独倾：独酌。⑱呕哑嘲哳（zhā）：形容声音杂乱刺耳。⑲促弦：拧紧琴弦。⑳青衫：唐官员品级最低的服色为青色。

【诗解】

《琵琶行》是继《长恨歌》之后的又一部极为优秀的长篇叙事诗，是白居易谪居浔阳时所作。那一年的秋天，诗人于浔阳江头送别友人，主客正因宴席上缺少管弦相伴而无法畅饮，忽然被一阵从江上传来的琵琶声感动，于是逐音寻去，见到了本诗的女主人公——一位琴艺精湛却已年长色衰的琵琶女。

在作者的细腻而深刻笔下，她的情态声貌、举意动容无不透露着伤心人的矜持，她那时而幽婉、时而铿锵、高回低转的琵琶声中寄寓着无限心事，她关于自己身世的叙述，是对辉煌过去的追忆，是浮华过后的凄凉。而当这一切听在作者耳中，看在作者眼里，他终于不胜伤感，潸然泪下，发出了“同是天涯沦落人，相逢何必曾相识”的深沉叹息。

全诗结构缜密，譬喻精妙，感情深挚，情节波澜起伏，时有绝处逢生之妙，而且诗中流传的千古佳句颇多，真是不朽名篇。

草

离离原上草[①]，一岁一枯荣。野火烧不尽，春风吹又生。

远芳侵古道，晴翠接荒城[②]。又送王孙去[③]，萋萋满别情[④]。

【注释】

①离离：形容草长得茂盛。②晴翠：指阳光下草色翠绿鲜亮。③王孙：游子。《楚辞·招隐士》有："王孙游兮不归，春草生兮萋萋。"④萋萋：茂盛的样子。

【诗解】

繁荣茂盛的原上小草，披头散叶，蓬勃生长。它们年年都要经历一枯一荣，纵使被野火烧成一片灰烬，春风再来的时候，依然会长出芽叶，绿满大地。芳草蔓延向远方，侵入古老的道路，晴天的时候，翠绿闪光的草色连接着荒凉的城墙。那一天，诗人踏着草原又送走了一位朋友，望着萋萋芳草，胸中充满了离情别绪。

宫　词

泪尽罗巾梦不成，夜深前殿按歌声[1]。

红颜未老恩先断，斜倚熏笼坐到明[2]。

【注释】

①按歌声：打着拍子歌唱。②熏笼：香炉上的罩笼。

【诗解】

夜深了，然而前面的宫殿中依然笙歌阵阵，歌声传入她的耳中，让她无法入眠。她独自在居处偷偷哭泣，因为自己悲凉的处境，因为红颜未老但皇上的恩宠已经断绝。这一夜，她彻夜不寐，斜倚熏笼，坐到天明……

问刘十九

绿蚁新醅酒[1]，红泥小火炉。

晚来天欲雪，能饮一杯无。

【注释】

①绿蚁：指浮在新酿的没有过滤的米酒上的绿色泡沫。醅(pēi)：没有过滤的酒。

【诗解】

有泛着绿色酒沫的新酿米酒，有烧着融融炭火的红泥小炉，而室外的天气，因为黄昏到来的一场飘雪而显得格外的阴沉、寒冷。作者邀请友人前来小饮，一片真挚的情谊正像酒一般醇厚，像炭火一样温暖。相信刘十九接到此诗定会欣然赴约，与作者共同度过这寒冷阴沉的冬日傍晚。

刘禹锡

刘禹锡（公元 772 ~ 842 年），字梦得，洛阳人。德宗贞元九年（公元 793 年）登进士第，又登宏词科。顺宗时任屯田员外郎，参与“永贞革新”，革新失败，贬为朗州司马，迁连州刺史。后以裴度力荐，任太子宾客。武宗初，加检校礼部尚书衔。世称“刘宾客”、“刘尚书”。刘禹锡以诗文称，早年与柳宗元并称“刘柳”，晚年与白居易并称“刘白”，其诗通俗清新，别具一格。《全唐诗》收其诗十二卷。有《刘宾客文集》。

乌衣巷

朱雀桥边野草花，

乌衣巷口夕阳斜[1]。

旧时王谢堂前燕，

飞入寻常百姓家。

【诗解】

诗的首联以“野草花”、“夕阳斜”衬托旧时的朱门富户如今的落寞与平凡，不悲不慨，不黏不脱，语虽平淡，然而意味深长。末联抓住燕子栖息旧巢的特点，写燕子仍入此堂，但王谢零落，已化作寻常百姓之家，以小燕子表现出大主题，写尽人世沧桑、荣枯变换。

贾　岛

贾岛（公元 779 ~ 843 年），字阆仙，一作浪仙，范阳（今河北涿州）人。初落拓为僧，名无本，后还俗，屡举进士不第。曾任长江主簿，人称贾长江。贾岛诗以苦吟著名，“推敲”的故事便由他而来。其诗喜写荒凉孤僻之境，多苦寒之词，开晚唐尖新狭僻一派诗风。《全唐诗》存诗四卷。

寻隐者不遇

松下问童子，言师采药去。
只在此山中，云深不知处。

【诗解】

松树下问小童子“师傅去哪了”，他说师傅去采药了，就在这座山中，但云深雾浓，无法知道究竟在哪一处。小诗简单好懂，然而与童子一问一答间，传递出清幽高远的意境，蕴含着无穷无尽的理趣，还有诗人访友不遇、空望云山的惆怅。

元 稹

元稹（公元 779 ~ 831 年），字微之，河南河内（今河南洛阳附近）人。贞元九年（公元 793 年）明经及第。贞元十九年，登书判拔萃科，元和元年（公元 806 年），登才识兼茂明于休用科。因得罪宦官及守旧官僚，遭到贬斥。后转而依附宦官，官至同中书门下平章事。元稹是著名诗人，与白居易齐名，称“元白”。因诗风格相近，合称“元白体”。曾撰传奇《莺莺传》，对后世影响极大。《全唐诗》存诗二十八卷。有《元氏长庆集》。

遣悲怀

其 一

谢公最小偏怜女①，自嫁黔娄百事乖②。顾我无衣搜荩箧③，泥他沽酒拔金钗④。野蔬充膳甘长藿⑤，落叶添薪仰古槐⑥。今日俸钱过十万，与君营奠复营斋⑦。

【注释】

①“谢公”句：东晋宰相谢安最爱其侄女谢道韫。此指妻子从小娇生惯养。②黔娄：指自己家境贫困。③顾：看到。荩(jìn) 箧(qiè)：荩草编成的箱箧。④泥他：软言求她。⑤甘：甘心。藿(hùo)：豆叶。⑥仰：依仗。⑦营：办理。奠：祭品。斋：指请僧人超度。

【诗解】

此作回顾作者未发达之前夫妻二人的艰苦生活，极写韦氏这从小受到千娇百宠的相府千金嫁给自己后尽心相助、安于贫贱的高贵品行；拔钗沽酒、野蔬充膳诸般描述无不生动形象，感人肺腑。结尾说自己如今俸钱超过十万，独自在此为妻子经营祭奠，愧疚之情、哀伤之意尤为深沉。

其　二

昔日戏言身后意[1]，今朝都到眼前来。衣裳已施行看尽[2]，针线犹存未忍开。尚想旧情怜婢仆，也曾因梦送钱财。诚知此恨人人有，贫贱夫妻百事哀。

【注释】

①身后意：死后的打算。②行：行将。

【诗解】

韦氏从前曾经与作者戏言死后的事情，谁知玩笑话却变成了眼前的现实。作者因为不愿睹物思人，所以把妻子穿过的衣服施舍出去，将妻子做的针线活原封不动地保存了起来，不忍打开。他因为感念家中婢仆与妻子的旧日情分而对他们格外哀怜，因为梦到妻子仍然贫寒而烧送冥钱。他知道夫妻之间终不免有一天阴阳两隔，只是想起妻子，想起她与自己共守贫贱、苦乐相伴的日子，每一点每一滴无不让他感到格外地悲伤。

其 三

闲坐悲君亦自悲，百年多是几多时？邓攸无子寻知命[①]，潘岳悼亡犹费辞。同穴窅冥何所望[②]，他生缘会更难期。惟将终夜长开眼，报答平生未展眉。

【注释】

①邓攸无子：晋邓攸在战乱中为拯救亡兄之子，丢弃了自己的儿子，以为自己还可以生养，但终无子嗣。②同穴：合葬。窅（yǎo）冥：深远，渺茫。

【诗解】

独自闲坐的时候，作者想起了妻子，他感到悲伤，悲伤妻子的早逝，悲伤自己失去人生的良伴。人寿有限，纵然百年也终有完结之日，其间又常常闪过命运难以捉摸的影子，善良的邓攸终生不再有子，这不就是最好的例子吗？妻子早亡，也许是命中注定，只是人死无知，作者想要为她写上一篇潘岳悼妻那样的诗篇，也是终觉徒然。他知道纵使与妻子同穴而葬，也会因为地下窅冥而哀情难通，知道他生再续前缘相见更是难以期待，他说，只有用自己长夜不寐的思念，去报答妻子平生未展的眉头。

行 宫

寥落古行宫，宫花寂寞红。
白头宫女在，闲话说玄宗。

【诗解】

从安史之乱结束到元稹写这首诗，时间已经过去了四十多年，国家的主人已然换了几任，前朝遗留下来的东西，除了江河日下的国势以外，还有已经无人问津的行宫，以及其中被遗忘了的宫女。行宫中的花儿寂寞地开着，曾经青春靓丽的宫女们已是白发苍苍。她们坐着、谈着，记忆好像只停在了开元、天宝年间，谈话的内容也只限于有关玄宗的陈年旧事。小诗短小精湛，意味隽永，倾诉了宫女无穷的哀怨之情，寄托着作者心中深沉的盛衰之感。

杜　牧

杜牧（公元 803 ~ 852 年），字牧之，京兆长安（今陕西西安）人，祖居长安下杜樊乡（今陕西西安东南），世称“杜樊川”。世人为区别于杜甫，称之为“小杜”。文宗大和二年（公元 828 年）登进士第，登贤良方正能直言极谏科，授弘文馆校书郎。曾为江西观察使、宣歙观察使沈传师和淮南节度使牛僧孺的幕僚。历任监察御史、黄、池、睦诸州刺史。后入为司勋员外郎、官终中书舍人。杜牧是晚唐杰出的诗人与散文家，与李商隐齐名，时号“小李杜”。《全唐诗》存诗八卷。有《樊川文集》。

赤　壁

折戟沉沙铁未销，自将磨洗认前朝。
东风不与周郎便，铜雀春深锁二乔[1]。

【注释】

①铜雀：曹操在邺城所筑高台，其姬妾尽在台中。二乔：大乔、小乔，以美貌著称于世。大乔嫁给了孙策，小乔嫁给了周瑜。

【诗解】

作者游于赤壁矶下，江潮涌落中他看见了一支折断但还没完全烂掉的铁戟半掩沙中，他于是将它拾起，磨去锈蚀，洗去污渍，这才辨认出它属于六百余年前的朝代。作者不禁联想到那时于此发生的赤壁之战，有悖常情地强调如果那天东南风不起，火攻不能成功，那么东吴国灭、二乔被虏便将成为历史。杜牧通晓军事，他之所以讥周瑜侥幸取胜，意在标榜自己知兵习战。联系他此时不受重用的境遇，不难感受到他这是借论古事而抒发胸中抑郁不平之气。

泊秦淮

烟笼寒水月笼沙，夜泊秦淮近酒家。

商女不知亡国恨，隔江犹唱后庭花。

【诗解】

作者于大唐国势日渐衰微之际来到秦淮河，泊舟于临近酒家的地方。在江烟水月交相冲融掩映秦淮之夜，河两边的青楼妓馆是一如既往的酒绿灯红，在临河的酒家里，不识亡国之恨的歌女还在一遍遍地唱着《玉树后庭花》。这靡靡之音传到作者耳中，让他感慨不已，他于是写下了这篇作品，警世戒饬之意不言自明。

寄扬州韩绰判官

青山隐隐水迢迢，秋尽江南草未凋。
二十四桥明月夜[1]，玉人何处教吹箫？

【注释】

①二十四桥：相传有二十四美人夜吹洞箫于扬州西城外小桥，此处泛指扬州的桥梁。

【诗解】

青山隐隐，绿水迢迢，诗人思念着远隔山水的朋友韩绰，而时令正值秋去冬来之际，他也不免怀念韩绰所在的温暖秀丽、秋来草未凋的江南了。诗人在诗中以委婉而谐谑的口吻问候对方：“二十四桥月明，你又在何处潇洒风流？”一片真情尽融字里行间，同时也寄寓着诗人对同友闲游之快乐往昔的不尽追忆。

遣　怀

落魄江湖载酒行，楚腰纤细掌中轻[1]。
十年一觉扬州梦，赢得青楼薄幸名。

【注释】

①楚腰：用楚灵王好细腰之典故。掌中轻：用汉赵飞燕体

轻能在掌上起舞之典故。

【诗解】

诗文前二句写自己因为失意而载酒漫游江湖，一度沉湎于偎红倚翠、声色歌舞。后二句感叹十年扬州生活恍如一梦，梦醒时才发现自己只落得个薄情之人的声名，懊悔辛酸尽在其中。

秋 夕

银烛秋光冷画屏，轻罗小扇扑流萤[1]。

天阶夜色凉如水[2]，卧看牵牛织女星。

【注释】

①轻罗小扇：轻巧的丝质小团扇。②天阶：皇宫里的石阶。

【诗解】

这是一首宫怨诗。首联通过对宫闱中凄清孤冷的环境的描绘，对宫女手把轻罗小扇扑打流萤这一动作细节的描写，暗示出宫女生活的寂寞和空虚。尾联写夜色虽凉而宫女却浑然不觉，出神凝望着空中闪烁的牛郎织女星，传递出她内心对于爱情生活的渴望。牛

郎织女一年方得团聚一回，而宫女对他们这样的爱情生活仍羡慕不已，可见她心中情感的土壤是何等干涸渴雨。

赠　别

其　一

娉娉袅袅十三余[1]，豆蔻梢头二月初。
春风十里扬州路，卷上珠帘总不如。

【注释】

①娉娉（pīng）袅袅（niǎo）：柔美的样子。

【诗解】

首联写人，“娉娉袅袅”写其娇柔旖旎的形貌，“十三余”写其妙龄，“豆蔻梢头二月初”写其清纯喜人、含苞欲放的风姿。尾联寄情，写春风吹过扬州那繁华艳丽的十里烟花路，珠帘一一被吹起，才发现“万紫千红”终不能与伊人相比。《诗经·出其东门》中“有女如云”、“匪我思存”可为诗意的概括。

其　二

多情却似总无情，唯觉樽前笑不成。
蜡烛有心还惜别，替人垂泪到天明。

【诗解】

离别筵上，千种离情，万种别绪，是谓“多情”；然而万千离情别绪无从表达，这一对恋人只是久久默对，是谓“无情”。作者又写自己欲故作笑颜缓解气氛但终于不能，则更让人感到分别的无奈与凄凉。后二句一笔宕开，以拟人手法转去写蜡烛也知惜别，点滴蜡泪，替人垂泪到天明。无情之物尚且如此，有情之人的愁苦自不待言。

金谷园

繁华事散逐香尘，流水无情草自春。
日暮东风怨啼鸟，落花犹似坠楼人。

【诗解】

时光流转，作者来到金谷园故址，它往日的繁华已然烟消云散，但流水依旧潺湲，春草犹自碧绿，不理会人世的荣枯变换。日暮时分刮起了东风，带来哀婉幽怨的鸟鸣，吹下片片落花；在作者眼中，这随风飘落的花儿好似当日含情坠楼的绿珠姑娘，美丽但却薄命，思之让人伤感。

李商隐

李商隐（约公元 813 ~ 约 858 年），字义山，号玉溪生，怀州河内（今河南沁阳）人。开成二年（公元 837 年）进士，曾任县尉、秘书郎和东川节度使判官等职。因受牛李党争影响，累受排挤，潦倒终身，终年仅四十六岁。所作咏史诗多借古讽今，立意精警，所特创的无题诗精工典丽、深情绵邈。有《李义山集》。

蝉

本以高难饱①，徒劳恨费声。
五更疏欲断，一树碧无情。
薄宦梗犹泛②，故园芜已平③。
烦君最相警④，我亦举家清。

【注释】

①“本以”两句：古人认为蝉是餐风饮露的，故此处说它栖于高树而难得一饱，纵然作怨恨之声也是枉然。②薄宦：官卑职微。梗（gěng）犹泛：形容自己漂泊不定的生活就好像树梗浮于水面。③芜：荒草。④君：指蝉。

【诗解】

它居住在高高的树上，本就难得腹中充实，却还整天费尽气力地长鸣不停。长长的夏日里，它一直要鸣叫到五更时分，直到声嘶力竭。然而日夜哀鸣并不曾改变什么，连栖身的大树也依然是青翠如故，丝毫不为所动。作者笔下的蝉实际上是他自身的写照，蝉的哀鸣正如他在困境中的痛苦呻吟，而那毫不动情的树木则代表着冷漠世情。诗的末联是作者对蝉的寄语：真是烦劳你常常用鸣声来提醒我，其实我和你一样，也是洁身自好，举家清贫。

风 雨

凄凉宝剑篇①，羁泊欲穷年②。
黄叶仍风雨，青楼自管弦③。
新知遭薄俗④，旧好隔良缘⑤。
心断新丰酒，销愁又几千⑥。

【注释】

①宝剑篇：武则天召见唐将郭震，索其文章，郭震呈上明志之作《宝剑篇》，并因此而得到重用。②羁（jī）泊：漂泊无定。穷年：终年。③青楼：指富家的高楼，古时富贵人家的楼阁常为青色。④新知：新交的知己。遭薄俗：指为浅薄的世俗所指责诋毁。⑤隔良缘：指缘分渐浅渐尽。⑥几千：几千文，指酒资。

【诗解】

诗人也曾胸怀大志，却没有郭震向皇帝呈上《宝剑篇》而得到重用那样的幸运，只能在漂泊生涯中度过了一年又一年。面对着达官显贵们不停享乐的笙歌管弦，他觉得自己犹如一片凋残的黄叶，在凄风苦雨中挣扎。新结识的知己多遭到世俗的诋毁，旧日的好友也与自己日渐疏远，想要暂时忘掉挫折烦恼，怕是只有以新丰美酒浇之。用几千钱的酒销愁，是酒贵还是愁多？

落　花

高阁客竟去，小园花乱飞。参差连曲陌[1]，迢递送斜晖[2]。

肠断未忍扫，眼穿仍欲归。芳心向春尽，所得是沾衣。

【注释】

①参差：指落花堆叠不平的样子。曲陌：曲折的小路。②迢递：远远地。

【诗解】

客散楼寂，看小园中残花飘落，花瓣纷扬。这些已离枝头的落花，无根无基，随风飞走，近者落于曲径之上，远者似在伴送夕阳，其依依不愿就此沉沦之情，怎不令人心生悲感？望眼欲穿盼来的春天转眼之间就要归去，花儿献给春天的一片芳心也会就此了结，最终只落得落红沾衣、零落成泥而已。诗是在咏叹落花，而其中寄寓了作者对于用世无门、处境惨淡的深深悲哀之情。那落花的身世，不正与作者的身世有着共通之处？

凉 思

客去波平槛，蝉休露满枝[1]。
永怀当此节[2]，倚立自移时。
北斗兼春远，南陵寓使迟[3]。
天涯占梦数[4]，疑误有新知。

【注释】

①蝉休：蝉声消歇。②永怀：长思。③南陵：县名，今安徽东南。寓使：托付传信的人。寓：托付。④占梦数：占卜梦境。

【诗解】

诗中诉说道："当初你离去的时候正逢春江水涨，现在已然到了蝉休露重的秋天。我当此清寒之节凭栏思念你，曾不知日已归山，星月已上。随着北斗位置的推移，我知道春天已经越去越远，在漫长的时空间隔中，我不曾得到你的一点音信。我因此而向梦境占卜命数，常常疑惑你是因为有了新知而将我忘记。"诗中恐为人所弃的心情是明显的。

北青萝

残阳西入崦[1]，茅屋访孤僧。落叶人何在，寒云路几层。

独敲初夜磬②，闲倚一枝藤③。世界微尘里④，吾宁爱与憎⑤？

【注释】

①崦（yān）：指太阳落山的地方。②初夜：夜之初。③藤：指藤杖。④“世界”句：《法华经》：“三千大千世界事，全在微尘中。”⑤宁：为什么。

【诗解】

残阳落入西山，诗人前往山上访问独居在那里的僧人。落叶满山，寒云相伴，峰回路转，他到达了孤僧居处的时候，已是晚上了。未见其人，先闻磬声，而后看到孤僧倚着一枝藤杖冥思。恍然间，诗人想起了《法华经》中所说的“三千大千世界全在微尘中”的警语。那是人生另外一种解脱方式，万念皆空，无爱无憎，就像眼前这位孤僧每日所过的生活。

锦　瑟

锦瑟无端五十弦①，一弦一柱思华年。庄生晓梦迷蝴蝶②，望帝春心托杜鹃③。沧海月明珠有泪④，蓝田日暖玉生烟⑤。此情可待成追忆，只是当时已惘然。

【注释】

①锦瑟：装饰华美的瑟。②“庄生”句：庄子曾经梦见自己化成蝴蝶翩翩起舞。③“望帝”句：相传蜀望帝杜宇死后其魂化为

子规，即杜鹃鸟，鸣声凄厉哀怨，啼血方止。④“沧海”句：传说南海外鲛人，泣泪而成珠。⑤蓝田：山名，在今陕西，产美玉。

【诗解】

锦瑟平白无故地采用五十根弦，撩拨起它，一柱一弦地回忆着自己那逝去的华年。你也可以期待如庄子化蝶般在梦境中迷失自己，你也可以幻想化为杜鹃，哀泣夭折的志愿。沧海月明时，鲛人会落下晶莹光润的珠泪，蓝田日照中，美玉幻化出可望而不可即的玉烟。这伤逝的情感总也会成为记忆中的点滴，只是当时当日，却已叫人无限惘然。

无　题

昨夜星辰昨夜风，画楼西畔桂堂东。身无彩凤双飞翼，心有灵犀一点通[①]。隔座送钩春酒暖[②]，分曹射覆蜡灯红[③]。嗟余听鼓应官去[④]，走马兰台类转蓬[⑤]。

【注释】

①灵犀：旧说犀牛角中有白纹如线，直通两端。②送钩：古

时的一种游戏，将钩暗中传递，藏于一人手中，未猜中者罚酒。③分曹：分组。射覆：将东西放在器物下面让人猜。④鼓：更鼓。应官：办理官差。⑤兰台：即秘书省。

【诗解】

关于昨夜的记忆，最亲切的感触是闪烁的星光，温馨的和风，而在画楼西、桂堂东，作者又遭遇了最动人的邂逅。那份两情相悦的默契，让你相信即便没有彩凤的双翼，心灵间的灵犀也能冲破重重阻隔，清楚而完满地传递表达各自的心意。

昨天晚上的欢宴，隔座送钩，分组射覆，因为有了她的存在而更觉春意融融，酒格外暖心，灯红得迷人。

在清寥的今夜回忆醉人的昨夜，作者想到她是否正身处新一轮的笑语欢歌。在不知不觉中，上差的鼓声已经敲响，他又不得不走马兰台，孤单渺小得，就好像是随风飘转的飞蓬。

隋　宫

紫泉宫殿锁烟霞①，欲取芜城作帝家②。玉玺不缘归日角③，锦帆应是到天涯。于今腐草无萤火④，终古垂杨有暮鸦⑤。地下若逢陈后主⑥，岂宜重问后庭花⑦。

【注释】

①紫泉：即紫泉宫，此指长安隋宫。②芜城：即扬州。③日角：旧说额头中央部分隆起如日，为帝王之相。④“于今”句：隋炀帝曾于长安、洛阳等地征集萤火虫，夜游时放出观赏。腐

草：古人认为萤火虫是腐草变的。⑤垂杨：隋炀帝开凿运河，沿堤植柳两千里，后称“隋柳”。⑥陈后主：南朝陈的第五个皇帝，荒淫误国，后陈为隋所灭，故世常以陈后主代亡国之君。⑦后庭花：《玉树后庭花》，为陈后主所作，后被视为亡国之音。

【诗解】

作者在诗中以不无调侃的语气历数了他的斑斑劣迹：他放着长安富丽堂皇的皇宫不住，在扬州再建更豪华的宫殿作为新都；如果不是唐高祖李渊夺取了天下，他那极尽华丽的游船恐怕还要远行到天涯；他尽捕萤火虫以为夜晚寻欢取娱之用，致使草木中至今难见萤火；他开凿了千里隋堤，堤上遍植杨柳，现在成了乌鸦栖息的场所。末联是作者的假想之问：“要是隋炀帝在阴间遇到了陈后主，他还会邀其再来一曲《玉树后庭花》吗？”辛辣讽刺，余味无穷。

无 题

其 一

来是空言去绝踪，月斜楼上五更钟。梦为远别啼难唤，书被催成墨未浓。蜡照半笼金翡翠[1]，麝熏微度绣

芙蓉[2]。刘郎已恨蓬山远[3]，更隔蓬山一万重。

【注释】

①笼：笼罩。金翡翠：用金线绣成翡翠鸟图案的被子。②麝熏：用麝香熏染。③“刘郎”句：相传东汉刘晨、阮肇入山采药，路遇两位美丽的仙女，邀他们结为眷属。半年后，刘、阮想要回家中探望，二女并没有阻拦，他们到家时才发现人间已经过了七代。等到他们再回去找两位仙女，却再也寻不到了。蓬山：指仙境。

【诗解】

说好了不久就会回去，但走后便无觅影踪。月儿低斜的五更时分，小楼上，睡梦中，他看到她因别离而悲泣，呼唤她却不答应。恍然惊起后，他急忙下榻写了书信给她。

在灯下想象她于烛光半笼的锦被旁静坐的样子，想象她在麝香初沁的芙蓉帐思念自己的情形，心中不禁生出无限愧疚怜惜之情，他因而悔恨当初的离开，无奈于相聚的重重阻隔；正如诗中所说：“刘郎已恨蓬山远，更隔蓬山一万重。”

其 二

飒飒东风细雨来，芙蓉塘外有轻雷。金蟾啮锁烧香入①，玉虎牵丝汲井回②。贾氏窥帘韩掾少③，宓妃留枕魏王才④。春心莫共花争发，一寸相思一寸灰。

【注释】

①金蟾：古人认为蟾蜍善闭气，故用以饰锁。②玉虎：井上的辘轳。丝：井绳。③“贾氏”句：晋韩寿英俊，司空贾充招他为僚属时，其女于窗中窥见韩寿，于是喜欢上了他。④宓妃：指洛神。留枕：相传曹植将过洛水时，忽见一美丽女子飘然而来，颇似自己故去的嫂嫂甄氏。甄氏赠以在家时所用玉枕以慰思念，曹植因之而作《洛神赋》。

【诗解】

诗写一位女子追求爱情失败后的痛苦。东风细雨，塘外轻雷，这般景象正如女主人公此时的心境，抑郁沉闷，怛恻不安。世间的事情，不论如何困难，都有办法可以达成心愿，比如香炉紧锁但香烟可以进入，比如井水虽深但长绳可以汲之；唯独爱情常常难以左右，它有时是贾女与韩寿水到渠成的缘分，有时是曹植爱慕甄氏一样地徒增遗憾。女子的爱情让她苦受煎熬，所以她自诫道：“爱人的心还是不要和春花争荣竞艳了吧，寸寸相思到头来都是化为灰烬。”

其　三

相见时难别亦难，东风无力百花残。春蚕到死丝方尽，蜡炬成灰泪始干。晓镜但愁云鬓改[1]，夜吟应觉月光寒。蓬山此去无多路[2]，青鸟殷勤为探看[3]。

【注释】

①云鬓：形容女子如云朵一样的头发。②蓬山：蓬莱。③青鸟：传说中的神鸟，是西王母的使者。

【诗解】

因为相见本就不易，所以分别就更让人感到依依不舍、苦在心头，那份缠绵悱恻，有如身处暮春无力的东风中、面对着凋残的百花。而当情思如春蚕之丝到死方尽，别泪如蜡炬之泪成灰方干，那么有情人在早晨愁看镜中渐染霜色的鬓发时，在清寒的月光下独吟诗篇时，那落寞的心境与浓重的思念又是何其难挨！诗的尾联作宽慰之语，意谓幸好你我相隔不算遥远，希望今后能时常探望对方；以美好的期盼和愿望来解释现实中不能长相厮守的遗憾。

春 雨

怅卧新春白袷衣[①]，白门寥落意多违[②]。红楼隔雨相望冷，珠箔飘灯独自归[③]。远路应悲春晼晚[④]，残宵犹得梦依稀。玉珰缄札何由达[⑤]，万里云罗一雁飞。

【注释】

①袷（jiá）衣：即夹衣。②白门：指江苏南京。意多违：许多事都与愿望相违。③珠箔：珠帘。④晼（wǎn）：太阳落山的样子。⑤玉珰（dāng）：玉耳饰。缄札：指密封的书信。

【诗解】

诗是情诗，抒发的是作者因春雨而引起的感想和情愫。诗中写作者眼下的窘困境遇，写对于情人的追怀，写情人远去后只能依稀与之在梦中相见的惆怅，写与她音信难通，自己孤单漂泊的悲凉。而这万般情思结合飘洒迷蒙的春雨写来，更显得悱恻缠绵、不绝如缕。诗以“红楼”一联著名，描述诗人雨中怅望情人曾经居住的红楼，而后从这满是华灯珠帘的街巷黯然离去的情景，设色尤好，可以入画。

无 题

其 一

凤尾香罗薄几重[①]，碧文圆顶夜深缝[②]。扇裁月魄羞难掩[③]，车走雷声语未通。曾是寂寥金烬暗[④]，断无消息

石榴红。斑骓只系垂杨岸[5]，何处西南待好风。

【注释】

①凤尾香罗：织有凤尾花纹的华贵薄罗。②碧文圆顶：绣有碧绿花纹罗帐圆顶。③扇裁月魄：指团扇。④烬：烛花。⑤斑骓(zhuī)：毛色青白相杂的马。

【诗解】

诗写一位女子对于心上人的暗恋之情。女子独处闺中，深夜怀思难眠，于是缝制罗帐以待睡意。在这夜的静谧与祥和中，她情思悠然，思绪又回到了初见他的那一刻。那或许就可以解释成一见钟情的感觉，看到他驱车隆隆而过，自己竟不知为何地羞红了脸，只得以团扇遮挡羞颜，慌忙中未曾与他有只言片语的接触。灯下寻思，这不能不说是一件憾事，因为从那时起，一直到眼下石榴花又红的季节，她就再没有得到关于他的消息。

她现在知道，所恋之人常常会漫步于并不遥远的杨柳堤岸，她盼望着机缘的来临，那或许只是一阵西南风，将她吹到他的身边。

其　二

重帏深下莫愁堂[1]，卧后清宵细细长[2]。神女生涯原是梦[3]，小姑居处本无郎[4]。风波不信菱枝弱，月露谁教桂叶香。直道相思了无益[5]，未妨惆怅是清狂。

【注释】

①莫愁：此处泛指年轻的女子。②清宵：清冷的夜晚。细细长：形容长夜难耐。③神女：即宋玉《高唐赋》中的巫山神女。④“小姑”句：语出古乐府《清溪小姑曲》：“小姑所居，独处无郎。”⑤了：完全。

【诗解】

诗的主人公是一位女子，在重重帷幕低垂的居室里，她自思身世，辗转不眠，倍感清夜的漫长。她也曾向往那久远传说中的云雨欢会，然而到头来才意识这不过是自己的一番梦想。直到现在，她还像清溪小姑一样，盼不到可托终身的情郎。她叹息自己像菱枝一样纤弱，却偏遭风波的摧折；又像桂叶一样芬芳，却无月露滋润使之飘香。但她对爱情的信仰始终没有泯灭，所以才会大胆坚定地说出：“虽然我知道相思对人完全没有益处，但也不妨将相思的惆怅看成对爱情无怨无悔的痴狂。”

登乐游原

向晚意不适[①]，驱车登古原[②]。

夕阳无限好，只是近黄昏。

【注释】

①意不适：心情不舒畅。②古原：即乐游原，是长安附近的名胜，登原后能眺望整个长安城。

【诗解】

因为心情不甚畅快而驱车前往古原，因为登上古原而看到了美丽的夕阳，因为深爱着美丽的夕阳而叹惋它已近黄昏。诗人对于夕阳虽好却不能久留的慨叹，后世常用来形容人的身世和国家的时局。

夜雨寄北

君问归期未有期，巴山夜雨涨秋池[①]。
何当共剪西窗烛，却话巴山夜雨时。

【注释】

①巴山：巴蜀东部的山。

【诗解】

这首诗是李商隐滞留蜀中时写给远方妻子的。妻子来信问询归期，诗人写下此诗以为答复。诗中深情写道：你问我何时能回去，我却说不好回家的日期。今夜巴山秋雨甚急，池塘水涨。面对孤灯，我一次次地自问何时能回到你的身边，与你同坐西窗之下，共剪烛花，亲切絮语，向你讲述我曾于此巴山雨夜对你的无尽思念。

贾生

宣室求贤访逐臣[1]，贾生才调更无伦。
可怜夜半虚前席，不问苍生问鬼神[2]。

【注释】

①宣室：汉未央宫正殿，此指代汉文帝。逐臣：贬谪之臣。②苍生：百姓。

【诗解】

贾谊被贬长沙之事，历来是怀才不遇之人借以抒写心中悲愤的熟滥题材。而在本篇中，诗人独辟蹊径，特意选取贾谊自长沙召回，征见于宣室的一段情节，以反跌法写出对汉文帝“虚前席只为问鬼神之事”的感慨，寓意深刻，发人深思。汉文帝毕竟是一代有道明君，他亲自下地耕作，皇后亲手养蚕种桑的故事在世间广受称颂，然而这样的帝王尚有埋没贤良之嫌，而况古来百千凡主乎？

金昌绪

金昌绪，生卒年不详，余杭（今浙江杭州市）人，身世不可考。有《春怨》一诗传于世。

春怨

打起黄莺儿，莫教枝上啼。
啼时惊妾梦，不得到辽西[1]。

【注释】

①辽西：辽河以西，此代边地。

【诗解】

一位女子与丈夫相隔千山万水而又音信难通，她怎能排遣心中的苦闷与思念？多么希望让梦境延长，再延长，于梦中前往丈夫身边，向他倾吐衷肠。当她在梦中与丈夫缠绵爱恋，一只黄莺却用它婉转的歌喉将她吵醒，她于是愤怒地将黄莺赶走，不因为它能给春天添姿增色就任其在窗前歌唱。诗题为《春怨》，怨所从来是因为思念，怨无处诉时便转向了黄莺。

杜秋娘

杜秋娘，生卒年不详，唐代金陵（今江苏南京市）女子，能歌善舞，又会写诗填词作曲，杜牧有《杜秋娘诗》述其事。作有《金缕衣》传世，其中的“花开堪折直须折，莫待无花空折枝”脍炙人口，是历来传诵的名句。

金缕衣

劝君莫惜金缕衣，劝君惜取少年时。
花开堪折直须折[1]，莫待无花空折枝。

【注释】

①直须：就须。

【诗解】

作这首诗的人的初衷，恐怕意在劝人莫惜金钱，风流潇洒要趁少年之时，妩媚伊人莫要错过。然而一首诗之所以能够产生深远的影响，往往在于它所表达出的并不只限于作者创作它的那一刻所要表达的东西，而是一些普遍的，具有共同性的道理和情感。就像这首诗，可以说它是在劝人们要珍惜青春，也可以说它是在劝人们要珍惜机缘。它蕴含着深刻哲理却又明白如话的语句让人读过一次便能铭记心中，时刻警醒着人们。

朱庆馀

朱庆馀，生卒年不详，越州（今浙江绍兴）人。敬宗宝历二年（公元826年）登进士第，官秘书省校书郎。曾客游边塞，仕途不得意。其诗辞意清新，描写细致，风格近于张籍。《全唐诗》存诗二卷。

近试上张水部

洞房昨夜停红烛，待晓堂前拜舅姑。

妆罢低声问夫婿，画眉深浅入时无？

【诗解】

诗文创作了这样的情节：昨夜洞房红烛，今晨新娘子要去给公公婆婆请安。她在梳妆完毕之后低声问自己的丈夫："我描画的眉毛，不知道浓淡是不是合乎时宜？"问画眉实际上是在问自己的才学文章能否得到考官首肯，可谓托喻精妙。如果只把此诗当成描写新婚夫妇生活的情爱之作，则新婚夫妇的相敬如宾，尤其是新娘腼腆娇羞之态，也都被作者表现得真切动人。

宫中词

寂寂花时闭院门，美人相并立琼轩①。
含情欲说宫中事，鹦鹉前头不敢言。

【注释】

①琼轩：白玉长廊。

【诗解】

百花盛开时，宫院的门却寂寂地紧闭着。两位宫女并立在华美的长廊下，四目相对。她们本来是想要和对方说说宫中的事情，倾吐一下自己的心事，然而终于因为有鹦鹉在近前而作罢。会学舌的鹦鹉可以让人连几句心里话都不敢说，可见宫廷生活的险恶和对人性的压抑已经到了怎样的程度。

唐、五代、宋词

词，又名诗余、长短句，是一种音乐文学，是在诗的基础上发展起来的。它的产生、发展，以及创作、流传都与音乐有着直接的关系。晚唐五代时期，逐渐摆脱按曲拍谱词的束缚，词有了很大的发展，开始有取代诗的趋势。晚唐词人温庭筠及以他为代表的“花间”派词人和以李煜、冯延巳为代表的南唐词人的创作，都为词体的成熟和基本抒情风格的建立做出了重要贡献。词终于在诗之外别树一帜，发展成为一种独立的新诗体，成为古代最为突出的文学体裁之一。进入宋代，词的发展进入了一个全新的阶段，形成了一个前所未有的繁荣局面。

词的创作蔚为大观，产生了大批成就突出的词人，名篇佳作层出不穷，并出现了各种风格、流派。其中以柳永为代表的婉约派和以苏轼为代表的豪放派成为宋词发展历史上举足轻重的力量。

李 白

菩萨蛮

平林漠漠烟如织[1]，寒山一带伤心碧。暝色入高楼[2]，有人楼上愁。

玉阶空伫立[3]，宿鸟归飞急。何处是归程？长亭更短亭[4]。

【注释】

①平林：林树远望齐平之貌。②暝(míng)色：暮色。③伫(zhù)立：长时间地站着。④更：连续，连接。

【词解】

词写思归之情。

黄昏时分，作者伫立于高楼之上，眼前是一片苍茫暮色。平林、寒山、烟霭交织在一起，构成了一幅清冷凄迷的画面。见鸟儿归飞甚急，他心头泛起天涯游子的悲凉：鸟儿尚能归巢，而我的客居生活却不知何日结束；通往家乡的道路，长亭连接着短亭，漫长得望也望不到尽头！

忆秦娥

箫声咽①，秦娥梦断秦楼月。秦楼月。年年柳色，灞陵伤别②。

乐游原上清秋节③，咸阳古道音尘绝④。音尘绝⑤。西风残照，汉家陵阙。

【注释】

①箫声咽：《列仙传》："箫史者，秦穆公时人也。善吹箫，能致孔雀、白鹤于庭。穆公有女字弄玉，好之，公遂妻焉。日教弄玉作凤鸣，居数年，吹似凤声，凤凰来止其屋。公为作凤台，夫妇止其上，不下数年，一旦皆随凤凰飞去。"②灞陵：即"霸陵"，因汉文帝葬于此而得名，为唐人送别之处。③乐游原：在今陕西西安市南，唐代的登游胜地。④咸阳古道：唐时从长安西去，咸阳为必经之地。⑤音尘绝：音信断绝。

【词解】

箫声呜咽，扰断秦娥梦境，她醒来看到月色朦胧。多少次月下怀想，年年的杨柳枯荣，当年与恋人在霸陵分别的情景还历历在目。只是清秋节里，乐游原的胜景如今只能自己一人前去游赏，只是自从分别，迎来送往的咸阳古道便再没有传来他的消息。音信全无，但苦盼依旧，西风残照中，汉家陵园外，是女子独自守候的身影。

秋风清

秋风清，秋月明。落叶聚还散，寒鸦栖复惊。相思相见知何日，此时此夜难为情！

【词解】

秋风清，秋风明，独自静默怀远，词中人不胜伤怀。落叶随风，聚而又散，乌鸦鸣寒，栖而复惊。别离以后，时常怅问的是“思念你，但不知何时才能再见你”；此时此夜，暗自叹息的是秋月秋风下，愈浓的思念让我难以为情。

张志和

张志和（？～744年），原名龟龄，字子同，婺州金华（今属浙江）人。肃宗时明经及第，待诏翰林，授左金吾卫录事参军。后因事贬官，赦归，遂浪迹江湖，徜徉山水，自号“烟波钓徒”。今存《渔歌子》词五首。

渔歌子

西塞山前白鹭飞[1]，桃花流水鳜鱼肥[2]。青箬笠，绿蓑衣，斜风细雨不须归。

【注释】

①西塞山：即道士矶，在湖北大冶长江边。②鳜（guì）鱼：俗名花鲫鱼，亦称“桂鱼”。

【词解】

西塞山前悠闲地飞翔着几只白鹭，西塞山下桃花含笑，春江水涨，鳜鱼正肥。如果是晴天前往自可感受春之明丽，如果赶上丝丝细雨，便可戴起青箬笠，披上绿蓑衣，在斜风细雨中闲支钓竿，感受春的温柔。这首小令是渔歌，写的是渔隐之乐，轻轻数语，不但写尽春意美景，更写出作者恬和淡雅的情怀。

白居易

忆江南

江南好，风景旧曾谙[1]。日出江花红胜火，春来江水绿如蓝[2]，能不忆江南？

【注释】

①谙（ān）：熟悉。②蓝：蓝草，其叶可制青绿染料。

【词解】

这一首以色彩取胜，作者不遗余力，以浓墨重彩渲染江南风景。然而这色彩与画布上所能呈现的又有不同，因为花红胜火、水绿如蓝的描绘不仅有色，更带出了春天热烈奔放、蓬勃兴旺的生机。这种高度的艺术提炼，千百年让人们永忆这胜似画图的江南春。

忆江南

江南忆，最忆是杭州。山寺月中寻桂子，郡亭枕上看潮头[①]，何日更重游？

【注释】

①郡亭：官署中的亭子。潮头：指中秋前后的钱塘潮。

【词解】

回忆江南，最让作者魂牵梦系的是杭州。在这首词中，作者用“山寺月中寻桂子，郡亭枕上看潮头”两个生活剪影，生动地道出了居住在杭州时生活的惬意与安闲，并在结尾处表达出对重游之日的热切盼望，对其地的一片由衷喜爱之情溢出纸面。

长相思

汴水流[①]，泗水流[②]，流到瓜洲古渡头[③]。吴山点点愁。

思悠悠，恨悠悠，恨到归时方始休。月明人倚楼。

【注释】

①汴水：源于河南，与泗水合流后入淮河。②泗水：源于山东曲阜，至徐州与汴水合流入淮河。③瓜洲：在今江苏省扬州市南面，因形状似瓜而得名。

【词解】

此词写一位女子对于远行的爱人的思念。汴水汇入泗水后经瓜洲渡而入淮河，这大概也就是女子的丈夫出行时所走的路线。行人至今未归，女子望穿秋水，心中千般惦念万般相思结成了忧丝愁网，纠缠难解，无怪乎在她眼中那点点吴山似也知情识意地黯淡了颜色，共她一起忧愁。

她想啊，盼啊，由爱而生恨，恨丈夫的久出不归。然而这恨却是有期限的，那就是丈夫归来之时。

月明星稀的夜晚，她又如往常一样地倚楼独坐，默默地在思索着些什么……

花非花

花非花，雾非雾。夜半来，天明去。来如春梦不多时，去似朝云无觅处。

【词解】

这是一首描写歌伎的词。作者形容歌伎似花而不是花，似雾而不是雾，不但写出了她们的美丽、轻盈和绰约的风姿，同时表现出她们神秘飘忽、难以捉摸的特征。她们夜半前来侑酒侍宴，天明之时便各自离去，来如美好短暂的春天梦境，去似朝云流散，无觅踪影。

温庭筠

温庭筠（公元 812 ~ 870 年），本名岐，字飞卿，山西太原人。少负才华，长于诗赋，每入试，押官韵，八叉手而成八韵，时号“温八叉”。生性傲岸，好讥讽权贵，因此累举不第，仅任方城尉、国子监助教等微职。温庭筠是晚唐著名词人，也有诗名，与李商隐号为“温李”。温诗风格秾艳，怀古之作多含讽喻意义。《全唐诗》存诗九卷。有《温飞卿集》。

望江南

梳洗罢，独倚望江楼。过尽千帆皆不是，斜晖脉脉水悠悠。肠断白蘋洲。

【词解】

这是一首很有名的小令，写的是闺思。女子自清晨梳洗完毕便倚楼眺望直到夕阳西下，看千帆过尽，独不见游子的归船，心中满是伤感与失望。“斜晖脉脉水悠悠”不但写景，同时也是写倚楼人的情脉脉、思悠悠，而“肠断白蘋洲”的戛然而止，语简、情深，余意不尽。

菩萨蛮

小山重叠金明灭①，鬓云欲度香腮雪②。懒起画蛾眉，弄妆梳洗迟③。

照花前后镜，花面交相映。新帖绣罗襦④，双双金鹧鸪⑤。

【注释】

①小山：指屏风上所画的小山。②鬓云：似云般的鬓发。③弄妆：梳妆打扮。④罗襦(rú)：丝绸短袄。⑤金鹧(zhè)鸪(gū)：指用金线绣成的鹧鸪鸟。

【词解】

画屏上重叠的小山伴随着阳光的移动忽明忽暗，暗示出时间已经不早了。美人缓缓起得床来，光滑的秀发半垂香腮，宛如乌云度雪。她懒洋洋地起身画蛾眉，恹恹无聊地梳洗上妆。梳妆完毕后用前后两面镜子察看面容发髻是否都已满意，双镜辉映着她如花般的容貌。词文最后写美人新制罗袄上金线绣成的一对鹧鸪，以它们的华丽但却没有生气衬托美人的生活，以它们的成对成双对比美人的孤单寂寞。深含“岂无膏沐，谁适为容”的幽怨。

韦　庄

韦庄是晚唐西蜀重要词人与诗人。其词与温庭筠齐名，世称“温韦”，是花间派代表词人。词风流丽飘逸，多以白描手法抒写真情实感，有“弦上黄莺语”的美誉。今存词五十余首。

菩萨蛮

红楼别夜堪惆怅[1]，香灯半卷流苏帐[2]。残月出门时，美人和泪辞。

琵琶金翠羽[3]，弦上黄莺语[4]。劝我早归家，绿窗人似花。

【注释】

①红楼：歌馆妓院。②流苏：绒线制成的穗子。③金翠羽：指琵琶上用黄金和翠色羽毛装点的饰物。④黄莺语：形容弦音婉转清越。

【词解】

作者于画楼之上与心上人共守

这别离前的最后一夜，香灯下，罗帐半卷，二人无语相对。别离时分，夜色阑珊，残月将落，美人噙着泪水向作者道别。她拿出金翠羽装饰的琵琶，拨出作者熟悉的婉转琴音，轻轻唱起“早些回来，绿窗人似花”的曲子，要让作者记得，绿窗前的人儿像花儿一样地美丽，也像花儿一样地容易凋零。

女冠子

四月十七，正是去年今日，别君时①。忍泪佯低面②，含羞半敛眉。

不知魂已断，空有梦相随。除却天边月，没人知。

【注释】

①君：可以指男也可以指女，此处当是指韦庄的旧恋人。②佯：假装，有意掩饰。

【词解】

四月十七日这天对于作者来说是一个特殊的日子，去年的这一天，他离开了自己心爱的人。他还能清楚地记得离别时刻她佯装低头实则强忍泪水的样子，忘不掉她娇羞可人的面容，还有那半蹙的柳眉间隐约可见的忧伤。作者与她分别时但觉肝肠寸断，分别后则是魂系梦牵。

岁月流逝，转眼间一年过去，伊人已不知去向。今年，四月十七，他仰望夜空，向她遥寄自己难释的情怀，叹息情之深、思之苦怕只有天边的月亮才能明了。

菩萨蛮

人人尽说江南好，游人只合江南老。春水碧于天，画船听雨眠。

垆边人似月[1]，皓腕凝霜雪。未老莫还乡，还乡须断肠。

【注释】

①垆边人：卖酒的姑娘。垆：放酒坛子的土墩。

【词解】

“人人尽说江南好，游人只合江南老。”江南的美好是人人皆知的，但没有真正到过江南的人恐怕不会有如此强烈深刻的感受。碧于天的春水，听雨眠的画船，这般景致情调，已经令人流连忘返，不思归计，哪堪再被那皓腕凝雪、当垆劝酒的“垆边人”含情相视？无怪乎作者会发出“未老莫还乡，还乡须断肠”的感慨。

思帝乡

春日游，杏花吹满头。陌上谁家年少，足风流[1]。妾拟将身嫁与，一生休[2]。纵被无情弃，不能羞。

【注释】

①陌：田间小道。②拟：打算。

【词解】

春游中的少女在田间小路上偶遇少年，少年的风流潇洒深深地打动了女子，让她顿生爱慕之情。冲动之下，女子暗自在心中做出了要将终身托付给少年的决定，并且愿意为这样的决定承担风险，所谓“纵被无情弃，不能羞”—就算是有一天被无情地抛弃，我也是无怨无悔。

五代词

冯延巳

冯延巳（公元 903 ~ 960 年），一名延嗣，字正中，广陵（今江苏扬州）人。南唐烈祖时以秘书郎与李璟游处，保大四年（公元 946 年），自中书侍郎拜平章事，出镇抚州，后又入朝为相，后罢相为太子少傅。冯延巳无治国之才，内政不修；但文词颖发，工诗，尤长乐府词。词风清丽，委婉深情。今存词一百二十首。有《阳春集》。

谒金门

风乍起[①]，吹皱一池春水。闲引鸳鸯香径里，手挼红杏蕊[②]。

斗鸭阑干独倚，碧玉搔头斜坠[③]。终日望君君不至，举头闻鹊喜[④]。

【注释】

①乍：忽然。②挼(ruó)：揉搓。③碧玉搔头：即碧玉发簪。④闻鹊喜：古人认为闻鹊声意味着有喜事来临。

【词解】

忽然到来的一阵和风，不但吹得一池春水波光粼粼，更让一位思妇的心中荡起了波澜。春光正好，她时而于花径之上闲引鸳鸯，时而百无聊赖地揉捻红杏花蕊，时而闲倚着栏杆看鸭儿争斗，出神得连碧玉搔头斜坠到鬓边也没有意识到。是鸭儿争斗使女子聚精会神地观赏而忘了自己吗？——是孤独的愁思让她走了神，她正为“终日望君君不至”而愁苦和恹恹着。

深锁的庭院，隔绝了尘世，却将思念之情浓缩。当几声喜鹊的喧闹传入女子耳中，她抬起头来，满脸是对郎君归来的喜讯的渴盼。

鹊踏枝

谁道闲情抛掷久？每到春来，惆怅还依旧。日日花前常病酒[①]，不辞镜里朱颜瘦。

河畔青芜堤上柳[②]，为问新愁，何事年年有？独立小桥风满袖，平林新月人归后。

【注释】

①病酒：因常醉酒而病。②芜(wú)：小草。

【词解】

谁说闲情抛弃了很久，作者说，每到春来，他还是惆怅依旧。作者的闲情缘于惜春，他面对鲜花而心忧明媚春光转瞬即逝，所以日日病酒遣怀，不辞镜里容颜日渐消瘦。

漫步在堤岸，看到河畔草青青，堤上柳依依，作者问起为何新愁如青草、绿柳一样春来即长，年年不尽。他独立小桥，任凉风鼓荡衣袖，直到新月从平齐的树林间升起，直到行人尽归，月明林静。

鹊踏枝

几日行云何处去？忘了归来，不道春将暮。百草千花寒食路[①]，香车系在谁家树？

泪眼倚楼频独语，双燕来时，陌上相逢否[②]？撩乱春愁如柳絮，悠悠梦里无寻处。

【注释】

①百草千花寒食路：指浪子在寒食前后于秦楼楚馆的冶游。②陌：泛指道路。

【词解】

行云比喻情郎，词中女子因为几天没有关于他的消息而感到焦急，心生幽怨，所以叹息“行云”忘了归来，埋怨他不懂春光易逝、红颜易老。她还因为春天里的百草千花而联想到人间的“百草千花”，猜测着他一路寻花问柳，香车不知系在谁家的树前。

痴情而忧伤的女子独倚高楼，噙着泪水，频频问询双燕：你们飞来的时候，是否遇到他正走在归来的路上？双燕自然不能回答她，她此时心乱如麻，愁如柳絮纷扰心中；欲在梦里将他寻觅，但梦境悠长，她茫然而不得寻处。

李煜

李煜（公元 937 ~ 978 年），字重光，号钟隐，初名从嘉，南唐中主李璟第六子，文献太子卒，以尚书令知政事立为太子。中主南巡，太子留守金陵监国。宋太祖建隆二年（公元 961 年）即位，宋开宝八年（公元 975 年）宋军南征，宋将曹彬攻破金陵，李煜出降，被俘至京师，封违命侯。太平兴国三年（公元 978 年），被宋太宗赐服牵机药而死。

李煜治国庸懦，但多才多艺。他通晓音律，工书画，创“金错刀”体。善诗文曲词，词的成就尤高。他开拓了词的境界，被俘后，尤多慷慨悲凉之音，所作诗词，今有辑本。

虞美人

春花秋月何时了，往事知多少？小楼昨夜又东风，故国不堪回首月明中。

雕栏玉砌应犹在[1]，只是朱颜改。问君能有几多愁？恰似一江春水向东流。

【注释】

①砌：台阶。

【词解】

春花秋月本是世间美好的景物，然而李后主却发出了“何时了”的感慨，因为春花秋月会引他想起那风流旖旎的过往。只是时移世变，如今身为臣虏，过往因而变得不堪回首。

欲思不忍，不思却不能，后主想到了故国的宫殿，想着那雕花的栏杆，白玉的台阶应还在，不禁叹息红润的容颜却已更改。他自问心中到底有多少忧愁，怅然自答：“那便似一江春水向东流。”

相见欢

无言独上西楼，月如钩。寂寞梧桐深院锁清秋。

剪不断，理还乱，是离愁。别是一般滋味在心头。

【词解】

全词明白如话，却蕴含着无限的愁苦情绪，字里行间都能

感受到作者深深的落寞与惆怅。他清楚地知道，所有这些的痛苦，都起因于他心中缱绻不去的阵阵“离愁”。这离愁，是告别故国时说不尽的悲痛与悔恨；这离愁，是面对宫人相送时满面的泪水和愧疚；这离愁，是沦为臣虏后对往事的欲思不忍、罢思不能；这离愁，像千万条没有头没有尾的丝织成的网笼罩在心头，剪不断，理还乱，正所谓“别是一般滋味”，让作者无从解脱，苦不堪言。

相见欢

林花谢了春红，太匆匆。无奈朝来寒雨晚来风。

胭脂泪，留人醉，几时重？自是人生长恨水长东。

【词解】

看着众多的花儿脱去了春天里的红衣，作者伤感地叹息它们凋谢得太匆匆。花期既短，却又横遭朝来寒雨晚来风，但目之者又能何如？

挥不散的记忆是粉面娇颜上流下的盈盈泪水，每每想起便令人心醉神迷，但几时才可以与她重逢？作者叹道：人生总有恨，亦如水流长向东。

浪淘沙

帘外雨潺潺[①]，春意阑珊[②]，罗衾不耐五更寒。梦里不知身是客，一晌贪欢[③]。

独自莫凭栏，无限江山，别时容易见时难。流水落花春去也，天上人间。

【注释】

①潺潺(chán)：雨水声。②阑珊：残，将尽。③一晌(shǎng)：片刻，一会儿。

【词解】

帘外雨声潺潺，听雨声便可晓得，春天将过。

五更梦断，是因为罗被难以抵挡破晓前的寒气，作者因寒冷而醒，醒来回想梦境，深叹梦中可以忘掉现实的残酷，享受须臾的欢乐。

他继而警醒自己：独自不要凭栏怀远吧，那南国的无限江山是别时容易见时难。悠悠过往真如水流花落春去，离开故土以后，人生从此由天上而人间。

清平乐

别来春半，触目愁肠断。砌下落梅如雪乱，拂了一身还满。

雁来音信无凭，路遥归梦难成。离恨恰如春草，更

行更远还生。

【词解】

从弟弟入宋到现在，春已过半，看到春光仍在一点一滴地流逝着，作者愁情无限。

伫立在台阶，阶下落梅似雪般纷乱，花瓣沾衣，拂去一身片刻便又落满。有雁飞过，但不曾带来远人的片纸音讯，山长水阔，远路使梦中也难觅归影。

作者离恨满怀，他将之比为春草，无处不在，无限地蔓延，滋生。

破阵子

四十年来家国[①]，三千里地山河。凤阁龙楼连霄汉，玉树琼枝作烟萝。几曾识干戈[②]？

一旦归为臣虏，沈腰潘鬓消磨[③]。最是仓皇辞庙日[④]，教坊犹奏别离歌[⑤]。垂泪对宫娥。

【注释】

①“四十年”句：南唐始祖建国到最后为宋所灭，历三朝共三十八年。②干戈：指战争。③沈腰：《南史·沈约传》记载，沈约怀才不遇，曾写信给好友说自己因病消瘦，以至于要收束腰带。后人因以形容人憔悴消瘦。潘鬓：晋潘岳《秋兴赋》序中云：“余

春秋三十有二，始见二毛。”后人因以形容人的鬓发斑白。④辞庙：辞别宗庙。指离开南唐祖业，被押赴宋廷。⑤教坊：古时宫廷中管理音乐的官署。

【词解】

以阶下囚的身份对亡国往事作痛定思痛之想，自然不胜感慨系之。四十年来家国基业，三千里地的秀美河山，耸入云霄的凤阁龙楼，玉树琼枝般的奇花佳木，看惯了歌舞升平的后主何曾识得干戈。

只是一朝成为臣虏，他的精神与肉体都倍感折磨。最让他失魂落魄的记忆是那辞别宗庙、肉袒北上的日子，旧臣俱已风流云散，只剩教坊之人仍前来为他奏起别离悲歌，后主千言万语终作无声泪水，他垂泪对宫娥。

林逋

林逋（公元 967 ~ 1028 年），字君复，钱塘（今浙江杭州）人，北宋初年著名隐逸诗人。长期隐居于杭州西湖孤山，不仕不娶，无子，种梅养鹤以自娱，人称其“梅妻鹤子”，死后赐谥和靖先生。工诗词，风格淡远、婉丽。著有《和靖集》，存词三首。

长相思

吴山青，越山青，两岸青山相送迎。谁知离别情？君泪盈，妾泪盈，罗带同心结未成①。江头潮已平。

【注释】

①“罗带”句：古时女子常将罗带打成心形的结，送给自己的爱人以示永不分离之愿。此句是说同心结未打成，爱人就要离去了。

【词解】

处在钱塘江两岸的吴山、越山，自古以来便见惯了人间的迎来送往；山色青翠，不曾因为人间的儿女情长而动容。然而在此分别的人们，常常是怀着缠绵悱恻的心情，忍受着肝肠寸断的痛楚，这滋味，从词中女子“谁知离别情”的反问中不难体会。分别的时刻，他泪眼盈盈，她也泪眼盈盈，两人虽然情投意合，但却避免不了这一场分别。当潮水涨到和堤岸齐平，他终于要乘船远去，在这“江头潮已平”的结束语中，蕴含的是难言的不舍与伤情。

柳　永

柳永（约公元 987 ~ 1053 年），原名三变，字耆卿，崇安（今属福建）人。仁宗景祐初进士，官至屯田员外郎，世称柳屯田。柳永为人狂放不羁，往返于秦楼楚馆，仕途坎坷，终生潦倒。其词多写歌伎愁苦和羁旅行役之情，所作慢词居多，音律和婉，是把词从宫廷引向民间的第一个专业作家。柳永的词深受平民阶层的欢迎，甚至出现“凡有井水处，皆能歌柳词”（《避暑录话》）的盛况。有《乐章集》。

凤栖梧

伫倚危楼风细细[1]，望极春愁，黯黯生天际。草色烟光残照里，无言谁会凭栏意[2]。

拟把疏狂图一醉[3]，对酒当歌，强乐还无味。衣带渐宽终不悔，为伊消得人憔悴[4]。

【注释】

①伫（zhù）：久站。危楼：高楼。②会：理解。③拟：想要。④伊：她。

【词解】

在高楼上凭栏久立、凝望远方的时候，和风一直在轻轻吹拂；恍惚中，春愁从天边涌起，然后蔓延开来。夕阳残照里，草色暮色一派迷茫，静默之中，词人轻叹无人能理解自己凭栏凝伫的心意。会想到放浪狂荡地以醉消愁，但真正对酒当歌时，深深感到的是勉强作乐的索然无味；眼看衣带渐宽，人渐憔悴，但既是为她才这样，心中是始终如一的无怨无悔。

定风波

自春来，惨绿愁红，芳心是事可可。日上花梢，莺穿柳带，犹压香衾卧[①]。暖酥消，腻云亸[②]，终日厌厌倦梳裹[③]。无那[④]，恨薄情一去，音书无个。

早知恁么[⑤]，悔当初、不把雕鞍锁。向鸡窗[⑥]，只与蛮笺象管[⑦]，拘束教吟课。镇相随[⑧]，莫抛躲，针线闲拈伴伊坐[⑨]。和我，免使年少光阴虚过。

【注释】

①衾（qīn）：被子。②亸（duǒ）：垂下。③厌厌：没精打采的样子。④无那：无奈。⑤恁（nèn）么：如此。⑥鸡窗：书房的窗子。⑦蛮笺（jiān）：纸。象管：象牙笔管的笔。⑧镇：整日。⑨伊：他。

【词解】

春回人间，处处是花红柳绿，燕语莺啼，可是女主人公却整日无精打采，对万事心不在焉，无可无不可，这不，都日上三竿了，她还慵卧在床上呢。相比从前，女子原本丰润酥嫩的姿容憔悴了许多，浓密如云的头发随意蓬乱着，可是她却懒得梳妆。为什么？因为薄情郎一朝离去便杳无音信，所以她才如此颓靡。薄情郎自该责怨，但女子还有许多的自责，她自责早知这样，当初不如不放他走；让他坐在书房，给他纸，与他笔，闲拈针线陪在旁，看着他做功课。两人不离不弃，苦乐相伴，就不会使年少光阴虚过。

雨霖铃

寒蝉凄切，对长亭晚，骤雨初歇。都门帐饮无绪①，留恋处，兰舟催发。执手相看泪眼，竟无语凝噎②。念去去千里烟波，暮霭沉沉楚天阔。

多情自古伤离别，更那堪、冷落清秋节。今宵酒醒何处？杨柳岸、晓风残月。此去经年③，应是良辰好景虚设。便纵有千种风情，更与何人说？

【注释】

①都门帐饮：意谓于京城郊外搭帐设宴饯别。②凝噎（yē）：形容喉咙里像塞了东西，说不出话来。③经年：年复一年。

【词解】

当黄昏的一场骤雨过后，伴随着暮蝉凄切的鸣声，作者即将与恋人分别。

酒无心饮，食不甘味，情绪低落的作者草草结束了都门的别宴，来到水边，准备乘舟南下。在这最后的缠绵时刻，两人手把着手，泪眼相对，哽咽无语。

念及烟波渺渺的南国，暮霭低沉，征途千里，念及多情者自古最伤离别，而今却还要离别在这凄冷的清秋时节，作者百感交集，肠回九转。他想着今夜酒醒，难免泊船柳岸，独对一弯残月、冷冷晓风；他预想自此别后，便遇得良辰好景，也是如同虚设。离开了心爱的她，纵有千般人世风情，又能共谁倾心絮语？

望海潮

东南形胜[①]，三吴都会[②]，钱塘自古繁华。烟柳画桥，风帘翠幕，参差十万人家。云树绕堤沙，怒涛卷霜雪，天堑无涯[③]。市列珠玑[④]，户盈罗绮[⑤]，竞豪奢。

重湖叠巘清嘉[⑥]，有三秋桂子，十里荷花。羌管弄晴，菱歌泛夜[⑦]，嬉嬉钓叟莲娃。千骑拥高牙[⑧]，乘醉听箫鼓，吟赏烟霞。异日图将好景[⑨]，归去凤池夸[⑩]。

【注释】

①形胜：位置重要，交通便利。②三吴：此处泛指江浙的广大地区。③天堑：天然的险阻。此处指钱塘江。④珠玑（jī）：珠宝。⑤罗绮：绫罗绸缎。⑥重湖：北宋时西湖已有里湖、外湖之分，故云。叠巘：层叠的山峦。⑦菱歌：采菱女子们欢唱的歌

曲。⑧高牙：本指军前大旗，此处指高官的仪仗旗帜。⑨异日：他日。图：描绘。⑩凤池：凤凰池，此处指代朝廷。

【词解】

既是东南地区的交通枢纽，又是三吴等地的重要都市，杭州自古以来便以繁华闻名。那轻烟笼罩的杨柳，美丽精致的画桥，各式各样的竹帘翠幕，参差错落在十万人家之间。你还能看到望之如云的树木环抱着沙堤，澎湃似怒的海潮卷起白浪，以及壮美钱塘江的无边无涯。如果走在街市，眩目的是处处的珠光宝气、锦缎光华。

谈到秀美多姿，那就一定要说说杭州的重湖群山。你可以于秋季向山中寻桂子，可以在夏季观览湖中的十里荷花；坐在西湖岸边，可以晴天听羌管，夜来听菱歌，喜看湖中嬉戏的钓叟莲娃。如果有幸跟随将军的盛大仪仗出游，则可以乘醉听箫鼓，吟赏烟霞。

作者赞叹杭州的富庶美丽，他不但以文记述，更要以画描摹，以便他日前往京城时，好向同僚夸。

八声甘州

对潇潇暮雨洒江天，一番洗清秋。渐霜风凄紧①，

关河冷落[2]，残照当楼。是处红衰翠减，苒苒物华休[3]。惟有长江水，无语东流。

不忍登高临远，望故乡渺邈[4]，归思难收。叹年来踪迹[5]，何事苦淹留[6]？想佳人，妆楼颙望[7]，误几回，天际识归舟。争知我[8]，倚阑干处，正恁凝愁[9]！

【注释】

①凄紧：秋风渐冷渐急。②关河：关山与河流。③苒苒：渐渐地。④渺邈：遥远。⑤年来：近年来。⑥淹留：久留。⑦颙(yóng)：仰望。⑧争知：怎知。⑨恁(nèn)：如此，这样。

【词解】

潇潇暮雨遍洒江天，雨水洗出了高爽的清秋，秋风渐冷渐急，关河寥落，残阳照在词人登临的高楼。四望红衰翠减，万物凋败，只有长江水，无语东流。

每每登高临远，词人便不胜惆怅，望不见故乡，心中的归思又浓重得难以排遣。他回顾近年来漂泊的足迹，自问为何事而久久不归。遥想佳人终日倚楼凝望，心怜她几次三番地将来船误认为自己回归的小舟。所以情不自禁地叹息道：

“你怎知此时此刻，我正与你一样凝愁相望！”

鹤冲天

黄金榜上，偶失龙头望[1]。明代暂遗贤，如何向[2]？未遂风云便[3]，争不恣狂荡[4]？何须论得丧。才子词人，自是白衣卿相[5]。

烟花巷陌，依约丹青屏障。幸有意中人，堪寻访。且恁偎红倚翠[6]，风流事，平生畅。青春都一饷。忍把浮名，换了浅斟低唱。

【注释】

①龙头：状元。②如何向：怎么办。③风云便：风云际会，得到好的遭遇。④争：怎。恣：放纵。⑤白衣：没有官职。⑥恁：如此。

【词解】

虽然是不幸落第，作者却没有自贬自责，他将这次失手视为圣明的朝代暂时遗落了贤才。没有能够乘时乘势施展抱负，作者索性顺遂自己的狂荡，不问得失，高唱“才子词人，自是没有授官的公卿大夫；烟花巷陌，也可比那屏风上的高贵图画”。他还庆幸风尘女子中，有意中人可以寻访。

“就这样偎红倚翠吧，”他自语道，“风流快活的生活本是我平生所喜好，青春多么短暂，不如抛去浮名，浅斟酒杯，浅吟低唱。”

范仲淹

范仲淹（公元 989 ~ 1052 年），字希文，祖籍邠州（今陕西咸阳），移居吴县（今江苏苏州）。少时贫困好学，真宗大中祥符八年（1015 年）进士。官至枢密副使、参知政事。范仲淹是北宋著名的政治家和文学家，曾积极推行“庆历新政”，为人廉洁公正，奉行“先天下之忧而忧，后天下之乐而乐”的做人准则。词作仅存五首，描写边塞秋思，羁旅情怀，突破了宋初词专写儿女柔情的界限，风格明健豪放。有《范文正公集》。

苏幕遮

碧云天，黄叶地，秋色连波，波上寒烟翠。山映斜阳天接水，芳草无情，更在斜阳外。

黯乡魂，追旅思，夜夜除非，好梦留人睡。明月楼高休独倚，酒入愁肠，化作相思泪。

【词解】

碧空衔云，黄叶满地，连绵的秋色一直向远方延伸，与那里的溟濛空翠的烟波相连。若在夕阳西下时寻去，登上水边的山峦，可见层林尽为余晖所染，一江寒水远走天边，还有隔岸弥望无尽的芳草地。

山川寥廓，风物壮美，常人见之易生感慨，而苦于漂泊之人见之则易动乡思。让人黯然神伤的离愁，对一路辛苦奔波的追忆，无不让作者感到凄恻难耐；想要得以解脱，怕只有祈求夜夜好梦来缓解对现实的无可奈何。百情塞胸之时，作者想要倚楼痛饮、对月寄怀以为宣泄，但终因心中有所警悟，继而打消此念。他意识到了什么？——酒入愁肠，会化作相思清泪。那种感觉，更让他难以承受！

渔家傲

塞下秋来风景异，衡阳雁去无留意①。四面边声连角起②，千嶂里③，长烟落日孤城闭。

浊酒一杯家万里，燕然未勒归无计④。羌管悠悠霜满地，人不寐，将军白发征夫泪。

【注释】

①衡阳雁去：古人认为大雁南飞至衡阳而止。②边声：边境上的马嘶、风号等声音。角：军中号角。③嶂：形容高险如屏障的山峦。④燕然未勒：谓外患未平。燕然：东汉窦宪大破北匈奴后，曾登燕然山（今蒙古杭爱山）刻石纪功。勒：刻。

【词解】

词中这样咏叹边

塞的风景和将士的情怀：秋色降临边塞啊，风景就变得大不相同。大雁飞去衡阳啊，不愿在此稍作停留。杂乱的边声夹着凄凉的号角声从四面涌起，群山环抱中，长烟直上，夕阳下孤城紧闭。举起浊酒一杯，想念万里之遥的家乡；归思无限啊，但边患一日不平，便是有家难回。伴随着悠悠羌管，寒霜覆盖了大地。这里的人们长夜不寐；将军的头发已经变白，士卒的面颊上挂着辛酸的眼泪。

张先

张先（公元 990 ~ 1078 年），字子野，湖州乌程（今浙江吴兴）人。仁宗天圣八年（1030 年）进士。官至都官郎中，晚年退居乡里。为人疏放不羁。能诗善词，尤工于乐府，其词多写男女恋情和花月景色，雕辞琢句，尤以小令见长。与柳永齐名。因善用“影”字，世称张三影。有《张子野词》。

天仙子

水调数声持酒听[1]，午醉醒来愁未醒。送春春去几时回？临晚镜，伤流景[2]，往事后期空记省[3]。

沙上并禽池上暝[4]，云破月来花弄影。重重帘幕密遮灯，风不定，人初静，明日落红应满径。

【注释】

①水调：曲调名，相传为隋炀帝所作。②流景：流逝的时光。③记省（xǐng）：清楚地记得。④并禽：双宿双飞的鸟儿。暝（míng）：昏暗。

【词解】

数声《水调》持酒听，午醉醒来愁未醒。作者默念春天一去不知何时才会回来，黄昏照镜，他伤叹着似水般流过的光景，伤叹往事种种，前约旧誓空成记忆。

池塘昏暗下来，对对鸳鸯栖息在沙岸；风儿吹散流云，月光下花影随风摇动。作者回到屋内，拉起重重帘幕护住烛光，听门外风声不停，不眠至夜深人静。他想，明日的落花，应该会铺满园中小径。

千秋岁

数声鶗鴂[1]，又报芳菲歇[2]。惜春更把残红折。雨轻风色暴，梅子青时节。永丰柳[3]，无人尽日花飞雪。

莫把幺弦拨[4]，怨极弦能说。天不老，情难绝。心似双丝网，中有千千结。夜过也，东方未白孤灯灭。

【注释】

①鶗（tí）鴂（jué）：即杜鹃。②芳菲歇：意谓春日已过，又是花儿凋谢的时候。③永丰：白居易《杨柳词》有："永丰坊里东南角，尽日无人属阿谁。"④幺弦：琵琶的第四弦，音细。此处指代琴弦。

【词解】

耳边数声杜鹃啼叫，又报春日将尽，作者心中的惜春之情因而强烈起来。他想到把开败的花儿折下，让枝头的繁荣得以延续，但时节已到雨疏风狂、梅子初生的暮春三月，街道上缭乱的是如雪般飘飞的柳絮。

"莫把幺弦拨，因为它能奏出心中最深的幽怨。天不会老，情不会绝，我的心好似双丝织成的网，其中有千千万万的结。"作者深情抒发。

一夜无眠，记录下自己的心事，等到收起笔墨，发现天还未大亮，他于是吹灭孤灯，悄然睡下。

青门引

乍暖还轻冷[1]，风雨晚来方定。庭轩寂寞近清明，残花中酒[2]，又是去年病。

楼头画角风吹醒，入夜重门静。那堪更被明月，隔墙送过秋千影。

【注释】

①乍暖：天气忽然转暖。②中酒：醉酒。

【词解】

暮春清明时节，气候多变，乍暖还冷。风雨刚过的傍晚，作者在寂寞庭院中对残花饮酒至醉，心中郁结的是年年依旧的伤春之情。

入夜后，夜风送来戍楼上声声号角，将作者从醉中惊醒，角声过后，更觉重门深院之静。苦闷重新清晰起来，仰俯间却又发现月光将隔壁秋千架的影子送到眼前，不由得联想起曾经爱过的人；伤春之情上更增怀念，作者因而以“不堪”愁叹。

晏　殊

晏殊（公元991～1055年），字同叔，抚州临川（今江西抚州）人。七岁能写文章，十五岁赐同进士出身，任秘书省正字。屡擢知制诰、翰林学士。庆历初，拜集贤殿大学士、同中书门下平章事兼枢密使。后知永兴军，徙河南，以疾回京师，卒，赠司空兼侍中，谥元献。其词多写四季景物、男女恋情、诗酒优游、离愁别恨，文词典雅华丽，雍容华贵，韵味独特，又不失清新雅淡，含蓄委婉，有“导宋词之先路”、“为北宋倚声家之初祖”的美誉。今存《珠玉词》一卷及清人所辑《晏元献遗文》。

浣溪沙

一曲新词酒一杯，去年天气旧亭台。夕阳西下几时回？

无可奈何花落去，似曾相识燕归来。小园香径独徘徊。

【词解】

赋一曲新词，饮一杯清酒，和去年一样的天气，依旧是去年所登临的亭台。一切似乎无甚变化，可是夕阳西下何曾回头，花儿落去谁又能阻拦？时光不停地流走，今年毕竟不是去年。

燕子归来旧巢，但只是似曾相识，作者在花间小径上独自徘徊，惆怅在"逝者如斯"的感慨里。

浣溪沙

一向年光有限身，等闲离别易销魂①。酒筵歌席莫辞频②。

满目山河空念远，落花风雨更伤春。不如怜取眼前人。

【注释】

①等闲：轻易。销魂：形容伤感到极点，如同魂魄离散躯壳。②莫辞频：谓不要频频推辞。

【词解】

上片写人生光阴有限，而别离又每每轻易发生，让人为之黯然销魂，表示应该及时行乐，不要频频推辞酒筵歌席。

下片抒发面对山河怀念远人的惆怅，写因为落花风雨而引发的春愁，进而感悟到空自怀思无益，不如怜惜眼前爱人。

蝶恋花

槛菊愁烟兰泣露[1]，罗幕轻寒[2]，燕子双飞去。明月不谙离恨苦[3]，斜光到晓穿朱户。

昨夜西风凋碧树，独上高楼，望尽天涯路。欲寄彩笺兼尺素[4]，山长水阔知何处。

【注释】

①槛菊：栏杆旁的菊花。②罗幕：丝罗做的帷幕，此指屋内。③谙：知晓。④彩笺兼尺素：指书信、题诗。

【词解】

以愁眼看栏杆下的菊与兰，菊含愁，兰泣露。作者身边虽有罗幕，却挡不住寒气透入。他目送双燕飞过，心中满含离别愁苦，他埋怨月儿不懂人情，直到拂晓仍将清光遍洒入窗户。

昨夜西风吹凋绿树，今晨起来，独上高楼，望尽天涯路。想要寄给情人书信一封，无奈山长水阔，不知她身在何处。

破阵子

燕子来时新社[①]，梨花落后清明。池上碧苔三四点，叶底黄鹂一两声。日长飞絮轻。

巧笑东邻女伴[②]，采桑径里逢迎。疑怪昨宵春梦好，元是今朝斗草赢[③]，笑从双脸生。

【注释】

①新社：即春社。古时祭祀土神的日子有春社、秋社之分，一般在立春、立秋后第五个戊日。②巧笑：美丽的笑容。③斗草：古时妇女常做的一种游戏，以手中草赌斗输赢。

【词解】

燕子来时，春社在即，梨花落后，清明便为期不远。在这个季节，池塘中会疏疏落落地点缀着几点绿苔，树荫里则不时传来一两声莺啼，白昼渐长，尽日飘飞的是轻轻的柳絮。

忽而笑声盈耳，原来是互为邻里的两位女子在采桑小径上相逢，二人继而玩起了斗草游戏。斗赢的一方充满欢乐，她随即想到：怪不得昨天晚上做了那样的一个好梦，原来是今天斗草要赢的兆头。想到这里时，笑容已然绽放在她的脸上。

欧阳修

欧阳修（1007 ~ 1072 年），字永叔，自号醉翁，晚号“六一居士”，吉州庐陵（今江西吉安）人。幼年丧父，由寡母教养成人。仁宗天圣八年（1030 年）进士。历官知制诰、翰林学士、枢密副使、参知政事等。早年支持范仲淹新政，因此屡遭贬谪。晚年思想趋于保守，反对王安石变法。卒赠太子太师，谥文忠。北宋诗文革新运动的领袖，唐宋八大家之一。其词以小令见长，多写男女恋情、伤春怨别，亦有疏狂豪放之作。曾与宋祁等合修《新唐书》，并独撰《新五代史》。有《六一词》。

踏莎行

候馆梅残[①]，溪桥柳细。草薰风暖摇征辔[②]。离愁渐远渐无穷，迢迢不断如春水。

寸寸柔肠，盈盈粉泪。楼高莫近危阑倚[③]。平芜尽处是春山[④]，行人更在春山外。

【注释】

①候馆：驿馆。②摇征辔（pèi）：指策马远行。③危阑：高楼上的栏杆。④平芜：绵延不断、向远方伸展的草地。

【词解】

旅舍边梅花已然凋败，溪桥边柳树上新生的枝条细如垂丝。在和煦的春风中，柔嫩的芳草地上，女子目送自己的爱人

骑马远去，心中的离愁也随之变得如春水般无穷无尽。

分别以后，女子每每柔肠百结，因不堪相思之苦而粉泪满面，她想凭高望远，却怕触景伤情，因为极目远眺虽然可见辽阔芳草地外的青山，但爱人更在那渺远的青山之外。

生查子

去年元夜时，花市灯如昼。月上柳梢头，人约黄昏后。

今年元夜时，月与灯依旧。不见去年人，泪湿春衫袖。

【词解】

去年元夜的京城，人潮如涌，华灯将花市照得如同白昼。作者与恋人相约在黄昏后，举头间看到月亮升起在柳树梢头。

转眼又是今年元宵，月依旧，灯依旧，只是作者不能再见到去年的情人，泪水沾湿了他春衫的衣袖。

蝶恋花

庭院深深深几许？杨柳堆烟，帘幕无重数。玉勒雕鞍游冶处[1]，楼高不见章台路[2]。

雨横风狂三月暮，门掩黄昏，无计留春住。泪眼问花花不语，乱红飞过秋千去。

【注释】

①玉勒雕鞍：镶玉的马笼头和雕花的马鞍。游冶处：即冶游处。指歌楼妓馆。②章台：妓女住所的代称。

【词解】

词写闺怨，主人公是一位满心愁苦的贵族少妇。

庭院深深，深到什么程度？那里杨柳丛丛，堆叠着烟雾，那里帘幕重重，不可胜数。

只是深深庭院禁锢的是闺中少妇，她那风流成性的夫君终日游荡在外，家中虽有高楼，却望不到他寻花问柳所经之路。

在雨横风狂的三月暮，女子常常在黄昏时掩上房门，叹息无计将哪怕一个春日留住。她含泪问花如之奈何，花儿非但没有回答，反而随风飘落过秋千去。

浪淘沙

把酒祝东风，且共从容[1]。垂杨紫陌洛城东[2]，总是当时携手处，游遍芳丛。

聚散苦匆匆，此恨无穷。今年花胜去年红，可惜明年花更好，知与谁同？

【注释】

①且共从容：意谓暂且一起悠闲一刻，不要急于离去。②紫陌：指京城郊外的道路。

【词解】

手持酒杯向东风祝愿，愿美好春光且作停留。离别在即，作者和朋友再次沿着垂杨紫陌来到了繁花似锦的洛阳城东，重温去岁此时携手遍游芳丛的惬意和快乐。

作者深深地知道，世事无常，聚散匆匆，离别是人生摆脱不掉的憾恨。他觉得今年的花儿比去年开得红艳，所以推测明年的花儿也应更红更好于今年今日，但人却未必能复如今日一样相聚。无限感慨惆怅，自在不言之中。

王　观

王观（1035 ~ 1100 年），字通叟，如皋（今属江苏）人，仁宗嘉祐二年（1057 年）进士。神宗熙宁中，曾以将仕郎守大理寺丞，知扬州江都县事。作《扬州赋》，受神宗褒赏。后官至翰林大学士，奉诏作《清平乐》“黄金殿里”词一首，被罢职，自号逐客。有《冠柳集》一卷，《全宋词》录词十六首，《全宋词补辑》又增补十二首。其词构思新颖，造语佻丽，有所独创。

卜算子

水是眼波横，山是眉峰聚。欲问行人去那边？眉眼盈盈处[1]。

才始送春归，又送君归去。若到江南赶上春，千万和春住。

【注释】

①盈盈：美好的样子。

【词解】

浙东素以山清水秀闻名，因而词也就从山水写起。作者用女子含情脉脉的眼波来形容浙东的水，用女子蹙拢的眉来形容浙东的山，更用“眉眼盈盈”一语注入灵气，凸显出江南山水的柔情绰态。

别离是伤感的，何况是在春日将尽的时候，惜春惜别之情一同搅缠于心中的滋味确实不好受。但作者想到友人此去江南兴许还能赶上春天在那里逗留的脚步，不禁又为他庆幸。他于是叮嘱友人，如果真的赶上了春天，千万要拣那春意最浓的地方住下。

晏几道

晏几道（约1030～1106年），字叔原，号小山，抚州临川（今江西抚州）人。晏殊幼子，人称“小晏”。曾任颍昌府许田镇监、开封府推官等。一生仕途失意，晚年家道中落。能文善词，其词多写四时景物、男女爱情，尤长于小令。词风近其父，轻柔流丽，典雅和婉，但情感较为伤感沉郁。有《小山词》。

临江仙

梦后楼台高锁，酒醒帘幕低垂。去年春恨却来时[1]。落花人独立，微雨燕双飞。

记得小蘋初见[2]，两重心字罗衣[3]。琵琶弦上说相思。当时明月在，曾照彩云归。

【注释】

①却来：又来。②小蘋（pín）：歌女的名字。③心字罗衣：古时女子穿的衣领形如“心”字的罗衣。

【词解】

这是一首怀念情人的词，所怀之人便是词中的小蘋。

暮春的一天，作者于酒醉中醒来，静默在门窗皆闭、帘幕低垂的屋内，回想着去年此时那难忘的一幕——那是作者与小蘋初见的夜晚，她穿着两重心字领口的罗衣，柔媚曼妙，娇俏可人。那天她怀抱琵琶唱出相思情意，离去时朦胧绰约的身影宛如明月照归的彩云。

无奈世事无常，风云难测，小蘋现在已不知下落，留下作者在此暮春之时空自伤怀。他常常呆望着簌簌落花叹息小蘋的命运，也曾在细雨中注视着双飞燕子，羡慕着它们的美好爱情。

蝶恋花

醉别西楼醒不记，春梦秋云，聚散真容易。斜月半窗还少睡，画屏闲展吴山翠。

衣上酒痕诗里字，点点行行，总是凄凉意。红烛自怜无好计，夜寒空替人垂泪[①]。

【注释】

①“红烛”两句：化用唐杜牧《赠别》中“蜡烛有心还惜别，替人垂泪到天明”句。

【词解】

欢宴之后酩酊大醉地回到家，夜半醒来时，已记不清宴会上狂欢的情景；但觉人生聚散犹如春梦秋云，缥缈无定。作者无法再次入睡，他卧看月儿斜挂窗外，闲对画屏上青秀的吴山。继而瞥见衣物上的酒痕，桌案上的诗稿，一点点，一行行，所记录的，总逃不过“凄凉”二字。

长夜将尽，寒气愈积愈浓；红烛焚芯，流下滴滴蜡泪。在作者看来，那红烛宛若在替自己哀伤，哀伤着自己的身世，却又无可奈何。

鹧鸪天

彩袖殷勤捧玉钟[①]，当年拚却醉颜红。舞低杨柳楼心月，歌尽桃花扇底风[②]。

从别后，忆相逢，几回魂梦与君同。今宵剩把银釭照[3]，犹恐相逢是梦中。

【注释】

①捧玉钟：指劝酒。玉钟：精美的酒杯。②“舞低”两句：描绘彻夜不停地歌舞作乐。月亮本来是挂在树梢上照进楼中的，此处不说月亮低沉下去，而说“舞低”，指明是欢乐把夜晚消磨了。桃花扇是歌舞时用的扇子，这里不说歌扇挥舞不停，而说风尽，表明唱的回数太多了。③剩：尽情地。釭（gāng）：油灯。

【词解】

词写作者与一位歌女久别重逢的一幕，开篇则从对曾经与她共度时光的回忆写起——

那一个个温馨旖旎的春日夜晚，她总是在侧殷勤劝酒，他则是不辞饮得满面酡红；她每每极尽所能，把最美妙的歌舞献给他，他则沉醉其中，通宵达旦乐而忘归。

对这一段疏狂生涯，作者并不后悔，女子的音容笑貌在二人分别的岁月里常出现于他的梦中，他盼望着能够再次与她相见。

天公作美，安排了他们的重逢。惊喜之下，作者手把蜡烛照亮夜色中她朦胧的面容，睁大眼睛仔细地端详着这个让他朝思暮想的佳人，唯恐这一次又是在梦境当中。

鹧鸪天

小令尊前见玉箫[①]，银灯一曲太妖娆。歌中醉倒谁能恨，唱罢归来酒未消。

春悄悄，夜迢迢，碧云天共楚宫遥[②]。梦魂惯得无拘检，又踏杨花过谢桥[③]。

【注释】

①尊：酒器。②楚宫：指代玉箫居处。③谢桥：谢娘桥。谢娘为唐代妓人。此处代指冶游之地，或指与情人欢会之地。

【词解】

词写作者对一位美丽歌女的怀念之情。“玉箫”指代歌女，作者在一次宴会上偶然遇到她，久久不能忘怀。

酒宴歌席间第一次见到玉箫，银灯璀璨的光华下，她清歌一曲，让作者连连叹息“太妖娆”。他情愿歌中醉倒而无怨恨，宴毕后一路陶醉归来，酒意未消。

春悄悄，夜迢迢，作者空对碧色云天，叹息佳人远隔，不无惆怅。他于是求助于不受束缚的梦境，踏杨花，过谢桥，一路寻去，往见昼思夜想的玉箫。

阮郎归

旧香残粉似当初，人情恨不如。一春犹有数行书，秋来书更疏。

衾凤冷[①]，枕鸳孤[②]，愁肠待酒舒。梦魂纵有也成虚，那堪和梦无。

【注释】

①衾凤：绣着凤的被子。②枕鸳：绣着鸳鸯的枕头。

【词解】

面对着她用过的胭脂香粉，他慨叹脂粉尚能长久地保持香味不去，而她对自己的感情却很快变淡。春天的时候还常能收到她简短的书信，而现在刚步入秋天，连这样的书信都已是越来越少。

作者并不能就此将她忘记，虽然每晚孤枕冷被，但他没有另寻新欢，愁肠也总须以酒舒解。他叹道："纵然能在梦中相见，到头来也只是一场虚空，何况近来连梦中都不见她的影踪！"

苏 轼

苏轼（1036 ~ 1101 年），字子瞻，号东坡居士，眉州眉山（今属四川）人。仁宗嘉祐二年（1057 年）进士，神宗时因与王安石政见不合请求外调，历任杭州通判与密、徐、湖三州知州。因作诗讽刺新法，贬黄州团练副使。哲宗朝，召为翰林学士，新党再度执政，又贬惠州，再贬琼州（今海南岛）。徽宗即位，赦还，途中卒于常州。苏轼的诗、词、文均代表了北宋文学的最高水平，词别开风气，冲破了晚唐、五代以来的绮罗香泽之气，在题材、意境、风格方面都作了开拓和革新，词集有《东坡乐府》。

水龙吟　次韵章质夫杨花词

似花还似非花，也无人惜从教坠①。抛家傍路，思量却是，无情有思②。萦损柔肠，困酣娇眼，欲开还闭③。梦随风万里，寻郎去处，又还被，莺呼起④。

不恨此花飞尽，恨西园，落红难缀⑤。晓来雨过，遗踪何在？一池萍碎⑥。春色三分，二分尘土，一分流水。细看来，不是杨花，点点是离人泪。

【注释】

①从教坠：任其飘落。②无情有思：意谓杨花随风飘舞，看似无情，却也有它自己的思绪。③“萦损”三句：此三句是将杨花想象成闺中少妇，写尽夫婿远行后她整日百无聊赖的姿态。④莺呼起：唐金昌绪《春怨》：“打起黄莺儿，莫教枝上啼。啼时

惊妾梦，不得到辽西。”⑤落红难缀：意谓花儿纷纷凋落，再也不能连结在枝头了。缀：连结。⑥萍碎：古人认为杨花落水变成浮萍。

【词解】

此词作虽为和词，但自出新意，以大胆的夸张和想象为线，深挚的感情为针，结合贴心的体会，细致的捕捉，将思妇清晨慵起、梦里寻郎、惜春伤逝等一系列情态与杨花之轻柔飘洒、随风远行、落水为萍等影迹交织在一起，在一种若即若离、空灵超逸的氛围中表现出思妇幽怨缠绵的心绪，使情物交融至浑化无迹之境，堪称咏物抒情词中的绝唱，也是苏轼词中婉约风格的代表作。

定风波　南海归，赠王定国侍儿寓娘[1]

王定国歌儿曰柔奴，姓宇文氏，眉目娟丽，善应对，家世住京师。定国南迁归，余问柔：“广南风土，应是不好？”柔奴曰：“此心安处，便是吾乡。”因为缀词云。

常羡人间琢玉郎[2]，天应乞与点酥娘[3]。尽道清歌传皓齿，风起，雪飞炎海变清凉。

万里归来颜愈少，微笑，笑时犹带岭梅香。试问岭南应不好，却道：“此心安处是吾乡。”

【注释】

①王定国：名巩，因受“乌台诗案”牵连而被贬官岭南。

②琢玉郎：指善于相思的多情人。
③乞与：给予。点酥娘：形容柔奴肌肤、资质的光洁柔美。

【词解】

柔奴陪伴王定国贬谪南方回来，与作者问答，深得作者的欣赏。他所以写下此词来赞美柔奴。

词中说：我常常羡慕幸运的多情郎王定国，上天赐给他一位温柔美丽的好姑娘。人们都说她轻启皓齿，唱出那沁人心脾的歌声，就好像风起雪飞，让炎炎火海也变得清凉。她陪伴主人贬谪万里归来，容颜却越发地焕发着青春的风采，她常常微笑，微笑中还带着岭南的梅香。我问她贬地的风物应该不会太好吧，她却对我说："此心安处，便是故乡。"

水调歌头

明月几时有？把酒问青天。不知天上宫阙，今夕是何年？我欲乘风归去，又恐琼楼玉宇[①]，高处不胜寒。起舞弄清影，何似在人间[②]？

转朱阁[③]，低绮户[④]，照无眠。不应有恨，何事长向别时圆？人有悲欢离合，月有阴晴圆缺，此事古难全。但愿人长久，千里共婵娟[⑤]。

【注释】

①琼楼玉宇：指月宫，也指朝廷。②在人间：也含有出任地方官的意思。③朱阁：朱红色的楼阁。④绮户：雕花的门窗。⑤婵娟：月亮。

【词解】

词从对青天明月的诘问写起，问中蕴寓着作者对盛景难逢的感慨和对朝廷的牵挂之情。此时的作者，虽然心中仍存着对“天上宫阙”的向往，但终究已了解到“高处不胜寒”，于是从容地安居人间，享受月下婆娑起舞的乐趣。

月华如水，清光或流转于高楼之上，或低洒入雕花窗里，但每每映在心含离愁别恨之人的脸上。当此中秋之夜，作者格外地思念弟弟苏辙。良辰好景，而兄弟却无法相聚，他不禁诘问月儿何以总在人不团圆时变圆；继而意识到，月亮的阴晴圆缺一如人间的悲欢离合，变化无常，难求永恒完满。于是变埋怨为祝愿——“但愿人长久，千里共婵娟。”

念奴娇 赤壁怀古

大江东去，浪淘尽，千古风流人物。故垒西边，人道是，三国周郎赤壁。乱石穿空，惊涛拍岸，卷起千堆雪。江山如画，一时多少豪杰。

遥想公瑾当年，小乔初嫁了，雄姿英发。羽扇纶巾[1]，谈笑间，樯橹灰飞烟灭[2]。故国神游[3]，多情应笑

我，早生华发[4]。人生如梦，一尊还酹江月[5]。

【注释】

①纶（guān）巾：用青丝带做的头巾。②樯橹：指曹操水军。樯：桅杆。橹：船桨。③故国：指赤壁古战场。④华发：白发。⑤酹（lèi）：将酒倒在地上以表祭奠。

【词解】

大江东去，浪花淘尽千古风流人物，旧时营垒的西边，有人说，那便是三国周郎的用武之地。作者面对着陡向天空的乱石，看惊涛拍岸，感叹江山如画，感叹在那遥远的三国年代，一时涌现出多少英雄豪杰。

他遥想起年轻周郎手摇羽扇、头扎纶巾，刚娶得国色天香的小乔时的风流倜傥、英姿勃发，想起他在谈笑间让前来入侵的万千敌船灰飞烟灭的雄才伟略、从容自如，继而自笑多情善感以致白发早生，叹息人生如梦；而后满斟酒杯，祭洒永世不变的滔滔江水和朗朗明月。

临江仙　夜归临皋

夜饮东坡醒复醉[1]，归来仿佛三更。家童鼻息已雷鸣，敲门都不应，倚杖听江声。

长恨此身非我有，何时忘却营营[②]。夜阑风静縠纹平[③]。小舟从此逝，江海寄余生。

【注释】

①东坡：苏轼被贬黄州时曾筑室于黄州城外之东坡，因号东坡居士。②营营：为功名利禄而奔波劳碌。③縠（hú）纹：如绉纱一样褶皱的水波纹。

【词解】

上片叙事，写夜饮醉归，家童已然熟睡，敲门不应，自己只能倚杖听江声，为下片的抒情不论在时间上、空间上还是情绪上都做好了铺垫。下片慨叹身不由己，总是囿于名利世俗而不能逃脱，疲于宦海沉浮而不能抛却。望着夜深风静后平静的湖面，作者由衷希望有一天自己的心情也能如同这湖水一般平静无波，并由此产生了泛舟江湖、归隐终老的想法。

定风波

三月七日，沙湖道中遇雨。雨具先去，同行皆狼狈，余独不觉。已而遂晴，故作此词。

莫听穿林打叶声，何妨吟啸且徐行。竹杖芒鞋轻胜马[①]，谁怕？一蓑烟雨任平生。

料峭春风吹酒醒，微冷，山头斜照却相迎。回首向来萧瑟处[②]，归去，也无风雨也无晴。

【注释】

①芒鞋：草鞋。②向来：刚才。

【词解】

“不要去听那风雨潇潇，穿林打叶之声，何不吟诗长啸，信步缓行？”脚踏草鞋，手拄竹杖，词人感到轻松自在胜于乘马，他更说道：“小小风雨有何可怕？平生一路走来，带着一身烟雨，我也能处之泰然。”料峭春风吹来，词人酒意渐醒，刚感到微微寒冷，山头晚照又将他温馨相迎。回头看看那所经过的凄冷萧瑟之处，然后淡然归去；归去，也无风雨也无晴。

卜算子　黄州定惠院寓居作

缺月挂疏桐，漏断人初静[①]。谁见幽人独往来[②]？缥缈孤鸿影。

惊起却回头，有恨无人省[③]。拣尽寒枝不肯栖[④]，寂寞沙洲冷。

【注释】

①漏断：漏壶里的水滴尽了，指夜已深了。②幽人：幽居之人，与下句的“孤鸿”都是作者自指。③省（xǐng）：理解，懂得。④拣（jiǎn）：选择。

【词解】

一弯月儿挂在稀疏的梧桐枝头，夜深人静，万籁俱寂。幽人独自在清冷的月光下徘徊，孑然身影，有如远处飞来的缥缈孤鸿。孤鸿在惊飞中不断回头，它惊惶不安、满怀幽怨，但是无人理解。它拣尽高枝而不肯栖息，最后归宿于冷冷的沙洲。

“谁见”二句极写一腔孤寂，人雁合一，曲尽其怨。下阕更借孤鸿喻写凄惶处境，表达出甘守寂寞孤独而不愿随波逐流的心志。

洞仙歌

冰肌玉骨，自清凉无汗。水殿风来暗香满。绣帘开，一点明月窥人，人未寝，欹椅钗横鬓乱[①]。

起来携素手[②]，庭户无声，时见疏星渡河汉[③]。试问夜如何？夜已三更，金波淡，玉绳低转[④]。但屈指，西风几时来？又不道，流年暗中偷换[⑤]。

【注释】

①欹（qī）：斜靠着。②素手：女子洁白的双手。③河汉：天河。④金波淡：月光暗淡。玉绳：位于北斗柄尾的两颗星。⑤流年：流逝的年华。

【词解】

词文描写花蕊夫人冰肌玉骨、绝世无双的美丽，描写她在月明星稀、水风送爽的夜晚于闺中闲卧的绰约风姿。作者更拟想蜀主与她携手漫步深夜庭院，仰望流星穿越银河的浪漫，还有他们看到斗转星移，感叹凉秋将至、流年似水的怅然。

江城子　密州出猎

老夫聊发少年狂①，左牵黄，左擎苍。锦帽貂裘，千骑卷平冈。为报倾城随太守②，亲射虎，看孙郎③。

酒酣胸胆尚开张，鬓微霜，又何妨！持节云中，何日遣冯唐④？会挽雕弓如满月，西北望，射天狼⑤。

【注释】

①聊：姑且，暂且。②倾城：举城的人。③看孙郎：三国孙权曾亲自射虎，此处是作者自喻。④“持节”二句：汉文帝时魏尚镇守云中以拒匈奴，功绩显著。后获罪，得冯唐上书相救。文帝遂遣冯唐持节赦之。此处作者是以魏尚自比，希望朝廷不计自己以前的过失，重新委以重任。⑤天狼：此处是泛指西北边陲进犯之敌。

【词解】

那一天，作者忽为少年般的豪情和狂放所冲动，他左手牵着黄狗，右手擎着苍鹰，戴锦帽，穿貂裘，带领着大队人马，席卷原野山冈。为了报答全城百姓的相随出猎，他要亲自射虎，仿效当年的孙郎。

猎罢开宴，作者酒酣耳热，心胸气魄更加豪放，他抒发了“鬓微霜，又何妨”的激奋，表达出对于重新受到朝廷重用的渴望，而那力挽雕弓，遥望西北，射落天狼的英雄形象，便是他对为国戍边抗敌的未来的慷慨设想。

江城子　乙卯正月二十日夜记梦

十年生死两茫茫[1]，不思量，自难忘。千里孤坟[2]，无处话凄凉。纵使相逢应不识，尘满面，鬓如霜。

夜来幽梦忽还乡，小轩窗，正梳妆。相顾无言，唯有泪千行。料得年年肠断处，明月夜，短松冈。

【注释】

①十年：作者作此词时，其妻王氏辞世恰已十年。②千里孤坟：王氏死后葬于苏轼故乡眉州眉山，与苏轼其时所在的密州相隔千里。

【词解】

十年生死相隔，别来音容邈茫。就算是不去追忆往事前情，心中对于妻子却总是念念不忘。妻子的坟冢远在千里之外，作者无法在她旁边诉说凄凉。

十年人生路，作者走得坎坷，走得忧伤，他猜想纵使能与妻子相逢，她也应认不出自己，因为自己满面风尘，鬓已如霜。

夜来忽入幽梦，在梦中回到了故乡。作者看到熟悉的小轩窗，看到年轻秀丽的妻子正坐在窗下梳妆。两人相见无言而泣，流下泪水千行。明月朗照的夜里，遍植矮松的小山冈，那里静默着妻子的坟茔，让作者年年为之断肠。

蝶恋花

花褪残红青杏小。燕子飞时，绿水人家绕。枝上柳绵吹又少，天涯何处无芳草！

墙里秋千墙外道，墙外行人，墙里佳人笑。笑渐不闻声渐悄，多情却被无情恼。

【词解】

独自漫步于暮春之初，作者感受着杏树枝头残红落尽果实初现的盎然生意，放情于燕子低飞徘徊、绿水环绕人家的惬意舒松，既为柳絮渐少这春天将去的征兆而叹惋，也为茂盛葱翠、无处不生的芳草上寄挂的希望而欣慰。

由人家院外经过，他看到高出院墙的秋千架，听到了墙内女子游戏的欢笑声，于是驻足停留，陶醉遐想在这天真悦耳的声音中。可惜笑声渐渐隐去，不多时便只剩下满院的寂静。墙内人自是进行着日常的作息，墙外人却感到惆怅懊恼，但这墙内“无情”与墙外人短暂的遇缘，又何尝

不是缘起于墙外人的善感多情？

李之仪

李之仪（1038？～1117年），字端叔，号姑溪居士，乐寿（今河北献县）人。神宗元丰进士。苏轼任定州知州时，为幕僚。徽宗初以文章获罪，编管太平州。终朝请大夫。有《姑溪居士文集》。

卜算子

我住长江头，君住长江尾。日日思君不见君，共饮长江水。

此水几时休，此恨何时已。只愿君心似我心，定不负相思意！

【词解】

词以一位女子的口吻，向自己的爱人倾诉衷肠。这对恋人虽是同住长江边，共饮长江水，却相隔遥远，不能常常见面。对于女子来讲，那东流的江水正像一条纽带连接着爱人与她，承载着她太多的思念，日日如一，绵长无绝。面对着现实的阻隔，女子没有办法，她唯将一腔真情热盼尽皆付出作为填补，留下了“只愿君心似我心，定不负相思意”的坚定誓言。

黄庭坚

黄庭坚（1045 ~ 1105 年），字鲁直，号山谷道人，洪州分宁（今江西修水）人。英宗治平四年（1067 年）进士。曾任秘书省校书郎、著作佐郎等职，后屡遭贬谪，卒于宜州任所。苏门四学士之一。书法精妙，与苏轼、米芾、蔡襄并称“宋四家”。长于诗，开一代风气，为江西派宗主。其词早年学柳永，俚俗轻艳，晚年近苏轼，豪放纵逸。有《山谷词》。

清平乐

春归何处？寂寞无行路。若有人知春去处，唤取归来同住。

春无踪迹谁知？除非问取黄鹂。百啭无人能解，因风飞过蔷薇。

【词解】

怅问过“春归何处”，寂寞的词人凄凄而不知该向何方行路，他说如果有人晓得春天的去处，请将春天唤回同住。

四处找寻不到春天离去的行踪，词人想到去询问逢春而啼的黄莺，黄莺低回高转地说了许多，但他不解莺语。一阵风来，莺儿乘风飞入蔷薇丛中，蔷薇花开，说明夏已临，词人也终于清醒地认识到：春天确实是不会回来了。

秦　观

秦观（1049 ~ 1100 年），字少游，一字太虚，号淮海居士。扬州高邮（今属江苏）人。神宗元丰八年（1085 年）进士。历官太常博士、秘书省正字兼国史院编修。后新党掌权，因与苏轼关系密切，屡遭贬谪。徽宗即位，卒于赦还途中。与黄庭坚、晁补之、张耒齐名，称“苏门四学士”。能诗善词，其词多写男女恋情和迁谪愁苦。笔法致密，音律和美，语言清丽自然，情致柔婉含蓄。有《淮海集》、《淮海居士长短句》。

望海潮

梅英疏淡[①]，冰澌溶泄[②]，东风暗换年华。金谷俊游[③]，铜驼巷陌[④]，新晴细履平沙。长记误随车[⑤]。正絮翻蝶舞，芳思交加[⑥]。柳下桃蹊[⑦]，乱分春色到人家。

西园夜饮鸣笳。有华灯碍月[⑧]，飞盖妨花[⑨]。兰苑未空，行人渐老，重来是事堪嗟！烟暝酒旗斜[⑩]。但倚楼极目，时见栖鸦。无奈归心，暗随流水到天涯。

【注释】

①梅英：梅花。②澌（sī）：冰。③金谷：金谷园，为晋人石崇所建，著名的饮宴游乐之处。俊游：指与诸俊杰同游。④铜驼巷陌：指铜驼路，因竖有铜驼而得名。⑤误随车：因车水马龙而跟错了车子。⑥芳思：春思。⑦桃蹊：两边种着桃花的小路。⑧华灯碍月：形容灯光明亮，连月亮也因之失去了光辉。⑨飞盖：

飞驰的华舆。⑩烟暝：指日近黄昏，暮烟霭霭。

【词解】

冬去春来，年华暗换，词人忆起昔日与好友同游名都佳园，赏览春光的轻松惬意，忆起共饮西园的纵情欢乐，不禁感慨系之。佳园依旧，但人渐衰老，故地重游，事事皆堪哀叹。昏暗的暮烟中，一帘酒旗斜挑，倚楼极目处，时见晚鸦归巢。晚鸦归巢，词人思归之情，也“暗随流水到天涯”。

满庭芳

山抹微云，天连衰草，画角声断谯门[①]。暂停征棹，聊共引离尊[②]。多少蓬莱旧事，空回首、烟霭纷纷。斜阳外，寒鸦万点，流水绕孤村。

销魂。当此际，香囊暗解，罗带轻分。谩赢得青楼，薄幸名存[③]。此去何时见也？襟袖上、空惹啼痕。伤情处，高城望断，灯火已黄昏。

【注释】

①画角：军中号角。谯（qiáo）门：城门上的望楼。②聊共：姑且一同。离尊：离别之酒。③薄幸：薄情寡义。

【词解】

山上微云轻抹，城外衰草连天，谯楼上刚吹过黄昏报时的号角。作者暂让行舟等候，与心上人举酒话别。

多少欢乐情事已成过往，回首只见茫茫暮霭、纷纷烟云。斜阳外，寒鸦万点，流水绕孤村，二人解下贴身之物以为临别纪念，此时此刻，此情此景，让人销魂。

作者仕途困顿，游宦四方，半生来，功名不就，空赢得薄情郎的恶名。此地一别，他不知道何时才能与她再次相见，两人相对无奈啜泣，襟头袖口空惹泪痕。

他最终满怀伤感地离去，高城逐渐淡出视野，望处只见一片灯火黄昏。

鹊桥仙

纤云弄巧，飞星传恨，银汉迢迢暗度①。金风玉露一相逢②，便胜却人间无数。

柔情似水，佳期如梦，忍顾鹊桥归路！两情若是久长时，又岂在朝朝暮暮。

【注释】

①银汉：银河。②金风：秋风。

【词解】

丝丝彩云变幻成各种图案，那是织女巧手织成的云锦；闪亮的流星飞过银河，替牛郎、织女二星传递着离愁别恨。七月

初七的夜晚，多情的喜鹊架起长桥，那秋风白露中的一次欢聚，便胜过人间的千次万次。

绵绵温情，似水般柔美；相逢的喜悦，把人带入梦境。只是那成就团圆的鹊桥，转眼间便要成为分离的归路，又让人怎忍回顾！

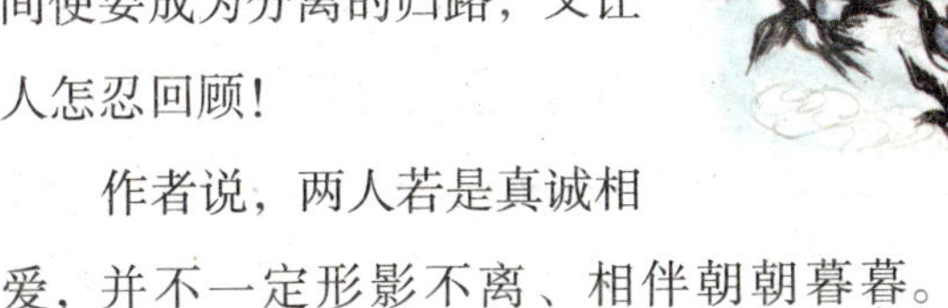

作者说，两人若是真诚相爱，并不一定形影不离、相伴朝朝暮暮。

千秋岁

水边沙外，城郭春寒退。花影乱，莺声碎。飘零疏酒盏[①]，离别宽衣带[②]。人不见，碧云暮合空相对。

忆昔西池会，鹓鹭同飞盖[③]。携手处，今谁在？日边清梦断[④]，镜里朱颜改。春去也，飞红万点愁如海。

【注释】

①疏酒盏：多时不饮酒。②离别宽衣带：意谓离别使人消瘦。③鹓（yuān）鹭：比喻品级相差不远的同僚。④日边：指在皇帝身边。

【词解】

绿水之旁，沙岸之畔，举目一望，城郭内外春寒退去，已是一派“花影乱，莺声碎”的大好春光。作者飘零在外，许久不曾欢饮，人生中一次次的离别，更使他衣带渐宽。孤孤单单的他，此时默然凝望着逐渐合拢的暮云。

作者回忆起往昔与朋友们相聚西池，乘车同游的快乐时光，怅然于这一班曾经携手并肩之人的风流云散，悲叹回京无望、青春老去。

词尾以“春去也，飞红万点愁如海”宣泄内心痛苦，句中的“春”是指作者的人生之春、事业之春。

踏莎行

雾失楼台，月迷津渡[1]，桃源望断无寻处。可堪孤馆闭春寒，杜鹃声里斜阳暮。

驿寄梅花，鱼传尺素[2]，砌成此恨无重数。郴江幸自绕郴山[3]，为谁流下潇湘去？

【注释】

①津渡：渡口。②尺素：指书信。③郴(chēn)江、郴山：在今湖南郴州。幸自：本自。

【词解】

词作寓情于景，以凄迷

的暮春景色的烘托沦落天涯的作者迷茫、孤苦的心境，以质问郴江为何不安分地环绕郴山而流，却要远下潇湘自嘲身世，讽喻自己本可安贫自守，却因为出仕而卷进政治旋涡。除此之外，作者还写到亲朋的书信不但不能让他感到慰藉，反而让他心中累恨积怨，真实地表现出谪贬之人复杂的内心世界和痛苦的心灵挣扎。

浣溪沙

漠漠轻寒上小楼，晓阴无赖似穷秋[①]。淡烟流水画屏幽。

自在飞花轻似梦，无边丝雨细如愁。宝帘闲挂小银钩。

【注释】

①无赖：无可奈何。穷秋：深秋。

【词解】

漠漠轻寒侵入小楼，漫漫无边、挥不走、逃不脱的晨阴让人恍如处在清冷的残秋，幽静的画屏上，淡烟流水，迷蒙渺远，意味悠悠。

楼前花儿自在飘落，好似梦中，悄然无声；蒙蒙细雨笼盖天地，无边无垠，细密如愁。小银钩上，宝帘闲挂，无人舒卷。

贺 铸

贺铸（1052～1125年），字方回，自号庆湖遗老，卫州共城（今河南辉县市）人。元祐中任泗州、太平州通判。晚年退居苏州，杜门校书。为人豪侠尚气，秉性刚直，不附权贵，喜论天下事。以词作名世，其词内容、风格丰富多样。有《东山词》。

半死桐　思越人

重过阊门万事非[①]，同来何事不同归？梧桐半死清霜后，头白鸳鸯失伴飞。

原上草，露初晞[②]，旧栖新垅两依依[③]。空床卧听南窗雨，谁复挑灯夜补衣！

【注释】

①阊门：指苏州西门，作者旧居所在。②露初晞（xī）：意谓露水刚刚为太阳所蒸干。③垅：坟头。

【词解】

作者重游旧居阊门，触景思人，想起曾随自己游宦至此却未得同归的妻子，不由得悲从中来。他以半死梧桐、失伴鸳鸯比喻如今的自己，足见其对亡妻的一往情深和失去妻子后难以自拔的悲痛。

清晨，青草上的露水很快被初阳晒干，作者感慨人生短暂有如朝露转瞬即逝；面对着依依相望的妻子新坟和旧时居所，则更令他肝肠寸断。夜晚，他躺在空空的床上听窗外的风雨，伤叹妻走以后，再没有人挑亮灯烛，于夜深时为自己缝补衣衫。

芳心苦

杨柳回塘①，鸳鸯别浦②，绿萍涨断莲舟路。断无蜂蝶慕幽香，红衣脱尽芳心苦③。

返照迎潮，行云带雨，依依似与骚人语④。当年不肯嫁春风，无端却被秋风误。

【注释】

①回塘：曲折的水塘。②别浦：分支的入水口。③芳心苦：莲子味苦，故云。④骚人：诗人。

【词解】

这是一首咏物寄情的词，所咏者荷花，所寄托的是作者的心志和对身世的感伤。词中的荷花不但体现着红衣苦心、淡香幽远的绝俗风貌，更是独自开放在“回塘”、“别浦”这样少有人迹的地方，身处在绿萍深处，蜂蝶不来采，莲女

不来摘。遥想作者一生，何尝不似这荷花一般，因本性耿介、不合俗流而寂寂无闻，一任年华空逝；所赖唯是清白自守、孤芳自赏。夕阳西下时，当晚潮涨起，天边一抹行云又夹带着寒雨而来，那随波摇曳的荷花仿佛要向作者诉说些什么。作者说那是它在叹息自己当年未随春风之便而展露芳容于人间，待到放下矜持，想要伺时绽放却暗惊秋风已至。这是荷花的悲哀吗？这是作者的悲哀。

青玉案

凌波不过横塘路[①]，但目送，芳尘去。锦瑟华年谁与度[②]？月桥花院，琐窗朱户[③]，只有春知处。

飞云冉冉蘅皋暮[④]，彩笔新题断肠句。若问闲情都几许？一川烟草，满城风絮，梅子黄时雨。

【注释】

①凌波：形容女子脚步轻盈，飘移如履水波。②锦瑟华年：唐李商隐《锦瑟》有："锦瑟无端五十弦，一弦一柱思华年。"③琐窗：有锁链形纹饰的窗子。④冉冉：渐渐地。蘅皋：长满香草的高地。

【词解】

轻盈的脚步不曾移向自己所居住的横塘，作者只得无可奈何地目送她远去，他猜想着她的青春年华会与何人一起度过，他觉得她一定住在有小桥、有鲜花、有精致房屋的庭院里，并且，只有春天才知道那庭院在哪里。

不晓得痴立了多久，但回过神来，只见飞云冉冉飘过，暮色已然苍茫。作者提起多情妙笔写下惆怅的词句，词中自问闲愁几许，还以比喻作答：如遍地春草弥望无际，如满城风絮铺天彻地，如绸缪浓密、挥散不尽的梅子黄时雨。

六州歌头

少年侠气，交结五都雄[①]。肝胆洞[②]，毛发耸。立谈中，死生同，一诺千金重。推翘勇[③]，矜豪纵，轻盖拥，联飞鞚[④]，斗城东。轰饮酒垆，春色浮寒瓮，吸海垂虹。间呼鹰嗾犬[⑤]，白羽摘雕弓，狡穴俄空。乐匆匆！

似黄粱梦，辞丹凤[⑥]，明月共，漾孤篷。官冗从[⑦]，怀倥偬[⑧]，落尘笼，簿书丛[⑨]。鹖弁如云众[⑩]，供粗用，忽奇功。笳鼓动，渔阳弄[⑪]，思悲翁。不请长缨[⑫]，系取天骄种[⑬]，剑吼西风。恨登山临水，手寄七弦桐[⑭]，目送归鸿。

【注释】

①五都：泛指宋朝的各大都市。②肝胆洞：真诚以待，肝胆相照。③翘勇：骁勇。④飞鞚（kòng）：马飞驰。鞚：马笼头，借指马。⑤嗾（sǒu）：发出声音来指示狗。⑥丹凤：指代京城。⑦冗从：散职侍从官。⑧倥偬：指奔波劳苦。⑨薄书丛：指堆积的官府文书。⑩鹖（hé）弁（biàn）：以鹖羽为装饰的武士冠。

⑪“笳鼓”二句：指边事已起。渔阳：指安禄山自渔阳起兵反叛一事。⑫请长缨：西汉终军二十多岁时曾请缨抓回南岳王。⑬天骄种：指北方少数民族。⑭七弦桐：指琴。

【词解】

词人少年侠义，爱好结交各地的英雄。朋友间一诺千金，肝胆相照，生死与同。他们或在京城之东竞争骁勇，矜夸豪纵，轻车相从，并马飞驰；或在酒垆鲸吸虹饮，谈笑喧嚣；或者呼鹰使犬，搭箭弯弓，将狡兽巢穴猎取一空。

快乐匆匆，好似黄粱一梦，作者后来离开汴京，孤独漂泊，如今身居散职，整日为尘俗事务束缚，陷入了繁杂的文书堆中。他感叹芸芸武将，都只做些无意义的工作，无法建功立业；他得知边烽已起，自悲报国无门，连身边的宝剑似乎也在为主人愤愤不平。无可奈何之下，作者登山临水，弹起瑶琴，寄出自己心中的感情。

周邦彦

周邦彦（1056 ~ 1121 年），字美成，自号清真居士，钱塘（今浙江杭州）人。为太学生时献《汴京赋》，被神宗擢为太学正。历官州教授、县令、秘书省正字、校书郎、秘书监等职，提举大晟府。周邦彦精通音律，能自度曲，为北宋重要词家。其词集北宋婉约派大成，长调尤善铺叙，富丽精工，历来被奉为词坛正宗，对南宋及后代均有巨大影响。有《清真集》。

少年游

并刀如水[1]，吴盐胜雪[2]，纤手破新橙。锦幄初温，兽烟不断[3]，相对坐调笙。

低声问：向谁行宿？城上已三更。马滑霜浓，不如休去，直是少人行。

【注释】

①并刀：并州出产的刀，以锋利著称。②吴盐：吴地出产的盐。③兽烟：兽形香炉里冒出的香烟。

【词解】

先是光洁如水的并刀，晶莹似雪的吴盐，而后是正在破开新橙的纤纤玉手，再后是织锦的床帷，香烟袅袅的金兽香炉，最后才将相对而坐，男子调弄笙管，女子听音校准的情景呈现在读者眼前。上片的写作手法有如一台由细节到全景的摄影机，着重突出着词中人高雅舒适的生活。下片直录女子话语，她低声问他：“已经三更了，你还要到哪里去住啊？”继而又自语道：“外面霜气正浓，连个人影都没有，就是现在出去，马儿也会打滑呀。你不

如就不要走了吧？”短短几语，已将女子试探的神情、深深的关切、满心的期待完全呈现出来，惟妙惟肖，呼之欲出。

兰陵王　柳

柳阴直，烟里丝丝弄碧。隋堤上，曾见几番①，拂水飘绵送行色。登临望故国②，谁识京华倦客？长亭路，年去年来，应折柔条过千尺③。

闲寻旧踪迹，又酒趁哀弦，灯照离席。梨花榆火催寒食④。愁一箭风快，半篙波暖，回头迢递便数驿⑤。望人在天北。

凄恻，恨堆积！渐别浦萦回⑥，津堠岑寂⑦。斜阳冉冉春无极。念月榭携手⑧，露桥闻笛⑨。沉思前事，似梦里，泪暗滴。

【注释】

①隋堤：汴京汴河之堤，为隋时所建，故称“隋堤”。②故国：故乡。③柔条：柳枝。④榆火：唐制，清明取榆柳之火赐近臣。⑤迢递：遥远。⑥别浦：送别的水边。⑦津堠（hòu）：渡口守望的高台。岑寂：清冷寂寥。⑧月榭：月光遍照的亭榭。⑨露桥：凝结露水的小桥。

【词解】

词为作者离开汴京时所作。汴河隋堤两岸，杨柳成行，柳丝飘拂，柳绵乱飞。这里的柳色，作者因为送别而看过很多

次，这一次，轮到了送自己。他站在高处远望故乡，心中满是客子的疲惫和惆怅。默默估算着，这堤岸因为送别而折下的柳枝，总也应该超过千尺了。

船儿启程，闲念旧时踪迹，思绪又回到了那令人难以忘怀的一夜——寒食节，在凄凄丝竹声中饮酒，在灯烛闪烁中与她告别。因为留恋着她，作者所以忧愁风顺船疾，回头之间便过数驿，伊人从此远隔。

行渐远，恨堆积，一路说不尽的迂回寂寞，举目所见，夕阳冉冉西下，春色一望无边。作者怀想着与伊人月下携手漫步，在结满露水的小桥共赏悠扬的笛声，感到往事前情恍然如梦。想着想着，泪水已然不知不觉地流了下来。

赵　佶

赵佶（1082 ~ 1135 年），即宋徽宗，神宗之子，哲宗时封端王。在位时任用蔡京、童贯等人主持国政，穷奢极欲，兴建苑囿宫观，滥增捐税。宣和七年传位与赵桓（钦宗），自称太上皇。靖康二年（1127 年）被金兵所俘，后死于五国城（今黑龙江依兰）。赵佶书画、音乐、词赋无不精擅。有《宋徽宗词》。

燕山亭　北行见杏花

裁剪冰绡，轻叠数重，淡着燕脂匀注。新样靓妆，艳溢香融，羞杀蕊珠宫女。易得凋零，更多少、无情风雨。愁苦。问院落凄凉，几番春暮？

凭寄离恨重重，这双燕、何曾会人言语？天遥地远，万水千山，知他故宫何处？怎不思量，除梦里、有时曾去。无据。和梦也、新来不做。

【词解】

花瓣似冰绡裁叠、色泽如胭脂淡染的杏花，娇嫩柔美，艳溢香融，胜似天宫仙女。但身为俘虏的徽宗观之，叹美丽花儿容易凋零，更叹无情风雨的横加摧残。他的内心充满愁苦，悲问凄凉院落，春暮已到何时。

看到空中燕子，徽宗想要托付它们向故宫寄去满怀的离愁别恨，但燕子不识人语，何况故宫又在万水千山之外！肠回九转的思量是免不了的，只是故地重游、旧事重现全在梦中，但现而今，就算这样的梦也越发的难得了。

李清照

李清照（1084～约1151年），自号易安居士，历城（今山东济南）人，著名学者李格非之女。十八岁嫁给金石考据家赵明诚为妻，婚后生活美满，夫妇二人雅好辞章，常相唱和，并共同从事金石学研究。金兵攻陷汴梁后，流徙南方，仓皇中丧失了多年收藏的金石书画，后明诚病死，李清照只身漂泊杭州、绍兴、金华、温州等地，在孤苦中度过了晚年。所作词，前期格调明快，语言清新婉丽；后期情调感伤。论词强调协律，崇尚典雅、情致，提出词“别是一家”之说。

南歌子

天上星河转，人间帘幕垂。凉生枕簟泪痕滋，起解罗衣，聊问夜何其？

翠贴莲蓬小，金销藕叶稀。旧时天气旧时衣，只有情怀，不似旧家时！

【词解】

天上星河移转，人间夜幕笼罩。秋凉从枕席间透出来，枕上褥边，点点斑斑是词人洒落的泪痕。

她难耐这秋夜的清寂与清寒，起身更衣，向他人问起夜已几何。而当取出那件贴着翠色莲蓬、金色荷叶绣样的襦衣，睹物之情更将悲怀深深触动。“旧时天气旧时衣，只有情怀，不似旧家时”。同样的天气，同样的衣衫，只有历经沧桑的心情，不再和从前一样。

一剪梅

红藕香残玉簟秋[①]。轻解罗裳，独上兰舟。云中谁寄锦书来？雁字回时，月满西楼。花自飘零水自流。一种相思，两处闲愁。此情无计可消除，才下眉头，却上心头。

【注释】

①簟（diàn）：席子。

【词解】

在那藕花香减、竹席渐凉的秋天，词人轻解罗衣，登上小舟，一个人在荷塘中徜徉。她看到天空中南归的雁阵，猜想着它们是否带来了丈夫的书信，也意识到大雁南归，团圆节将至，月儿将圆满在西楼。

然而月圆人不圆，花儿有凋落的时候，流水一去不回头，词人叹息年华在两地的相思与离愁中空自流走，叹息这相思与离愁，刚从眉间散开，便泛起在她的心头。

如梦令

常记溪亭日暮，沉醉不知归路。兴尽晚回舟，误入藕花深处。争渡，争渡，惊起一滩鸥鹭。

【词解】

曾经独泛小舟于溪畔荷塘，又在酒酣兴尽后驾舟归来，只是恍惚迷离间已不辨归途，因而不知不觉地误入到藕花深处。天色渐晚，归心渐切，正因荷丛密密匝匝难于速出而略显焦急，却误打误撞惊起一群已经栖息了的鸥鹭，故而重新唤来意兴一片。

渔家傲

天接云涛连晓雾，星河欲转千帆舞。仿佛梦魂归帝所，闻天语，殷勤问我归何处。

我报路长嗟日暮，学诗谩有惊人句。九万里风鹏正举，风休住，蓬舟吹取三山去。

【词解】

这也许是遥望海天时的遐想，也许是于缥缈梦境的游离，总之，那苍茫壮阔的云涛雾海，令人目眩的灿烂星河，还有随风舞荡的千叶白帆确乎是在同一时刻映入了词人的眼帘，让她胸怀尽敞，飘飘乎如在回归天帝居处的路上。她也果真听到了似曾相识的声音从天空中清晰传来，亲切地问她将往何处。词人率真作答，感叹求索之路漫长曲折，感伤满腹才华却不知有何用处；她不无激动地请求天帝让那举鹏高飞的九万里长风来辅助自己的小舟，将自己带到那理想的仙山琼阁。

如梦令

昨夜雨疏风骤，浓睡不消残酒。试问卷帘人，却道海棠依旧。知否？知否？应是绿肥红瘦。

【词解】

昨夜的雨疏风骤对于侍女而言不过是暮春时节极为普通的一幕，但女主人却因之愁烦不已，借了许多酒力才得入眠。若问她为何于晨起时忐忑问到落红几何而不亲自前去观看，若问她听到“海棠依旧”的率尔一答后为何耐心更正应是“绿肥红瘦”，正因她爱春之情深入肺腑而不忍看到春残花落，正因她已为叶茂花稀、春之将去而叹息良久。

凤凰台上忆吹箫

香冷金猊[1]，被翻红浪，起来慵自梳头。任宝奁尘满[2]，日上帘钩。生怕离怀别苦，多少事、欲说还休。新来瘦，非干病酒[3]，不是悲秋。

休休[4]。这回去也，千万遍阳关[5]，也则难留。念武陵人远，烟锁秦楼[6]。惟有楼前流水，应念我、终日凝

眸。凝眸处，从今又添、一段新愁。

【注释】

①金猊(ní)：狮形香炉。②奁(lián)：女子梳妆用的镜匣。③非干：不关。④休休：算了，罢了。⑤阳关：即《阳关三叠》。⑥秦楼：原是秦穆公女弄玉与夫婿萧史的居所，此处作者用来比喻自己独居妆楼。

【词解】

香炉已冷，锦被散乱堆叠，词人虽然起得床来，却懒得梳洗打扮。她的梳妆盒上落满了尘土，太阳，这时候已经高高在天。词人满怀心事，但每每欲说还休，她近来日渐消瘦，不是因为病酒，不是因为悲秋，是为离愁别恨所苦，她感叹丈夫执意出行，自己毫无办法将他挽留。

爱人一去，词人思念非常，她的小楼从此为愁云笼罩，她日日倚楼凝望楼前流水，觉得流水也对自己的离怀别苦表示同情。终日凝望，今天，词人心头又添一段相思新愁。

醉花阴

薄雾浓云愁永昼，瑞脑消金兽[①]。佳节又重阳，玉枕纱厨[②]，半夜凉初透。

东篱把酒黄昏后[③]，有暗香盈袖。莫道不消魂，帘卷西风，人比黄花瘦。

【注释】

①瑞脑消金兽：意谓香炉中的香快燃尽了。瑞脑：香料名。金兽：兽形的铜香炉。②纱厨：纱帐。③东篱：指植有菊花的地方。

【词解】

此词意在抒发孤居独处的少妇情怀。

轻雾蒙蒙，浓云密布，整个白天正如词人之愁，阴郁，悠长。她点燃瑞脑香，看香烟从金炉中袅袅升起，寂寞，惆怅。

又到重阳佳节，无奈独自闺中，夜半不眠时，词人但觉玉枕纱帐渐为凉意侵透。她也曾在菊丛中把酒消愁，一直到黄昏以后，归来时却只空惹菊香淡淡盈袖。她自语：“谁说这一切不让人魂消神伤，帘幕被西风卷起，你会看到人儿比菊花还要清瘦。”

武陵春

风住尘香花已尽[①]，日晚倦梳头。物是人非事事休，欲语泪先流。

闻说双溪春尚好[②]，也拟泛轻舟。只恐双溪舴艋舟[③]，载不动、许多愁。

【注释】

①尘香：尘土中的落花香。②双溪：在浙江金华，唐宋时已成为文人骚客游赏吟咏的胜地。③舴（zé）艋（měng）舟：小船。

【词解】

风住，花儿尽已零落成泥，所余痕迹，但有尘香。日晚，词人倦梳头发，举目所见，物是人非；不待张口倾吐，眼泪已先行流了下来。词人听说双溪春色尚好，也想到那里泛舟散忧，却担心舴艋小舟，载不动自己这许多忧愁。

点绛唇

蹴罢秋千，起来慵整纤纤手。露浓花瘦，薄汗轻衣透。

见有人来，袜刬金钗溜[1]。和羞走。倚门回首，却把青梅嗅。

【注释】

①袜刬（chǎn）：只穿着袜子。

【词解】

词一起头，一个天真活泼、娇态可掬的少女形象便跃出纸面。她荡罢秋千，起来懒懒地舒整一下纤细的小手，身上的薄衣被微微沁出的汗珠沾透。这样的一位少女站在花丛旁边，花人相映，更显人儿的精致可爱。词转下片，忽生出一起波澜：花园中有人走来，没有任何前兆地闯入了她的世界，惊羞之下，她夺路而逃，连鞋子都没顾上穿，金钗也在急走中滑落。等到行至门前，还要回眸觑窥，为了掩饰自己的失态，她假作嗅青梅，边嗅边看。

永遇乐

落日熔金，暮云合璧，人在何处？染柳烟浓，吹梅笛怨，春意知几许？元宵佳节，融和天气，次第岂无风雨？来相召、香车宝马，谢他酒朋诗侣。

中州盛日，闺门多暇，记得偏重三五[①]。铺翠冠儿[②]，捻金雪柳[③]，簇带争济楚[④]。如今憔悴，风鬟雾鬓，怕见夜间出去。不如向、帘儿底下，听人笑语。

【注释】

①三五：指元宵节。②铺翠冠儿：嵌插着翠鸟羽毛的女士帽子。③捻金雪柳：以金丝作点缀的绢花。④簇带：成簇的插戴。济楚：漂亮美好。

【词解】

夕阳好像熔开了的金块，暮云托出玉璧般的新月。美好景色，不能解释词人孤身流落的愁怀，但看到柳色渐青，听到《梅花落》的笛声，她也恍然问起“春意几许”。

“气候虽然渐渐暖和起来，但难保没有风雨吧？”变幻莫测的世事，让词人常怀着疑惧的心情。她婉言谢绝了酒朋诗友们的热情相召，独处中，黯然追忆起在汴京欢度元宵的繁华往事。如今憔悴，雾鬓风鬟，她不愿参加夜游庆典，今夜的她，只在帘儿底下，听人笑语。

声声慢

寻寻觅觅，冷冷清清，凄凄惨惨戚戚。乍暖还寒时候，最难将息[①]。三杯两盏淡酒，怎敌他、晚来风急。雁过也，正伤心，却是旧时相识。

满地黄花堆积，憔悴损，如今有谁堪摘？守着窗儿，独自怎生得黑？梧桐更兼细雨，到黄昏、点点滴滴。这次第[②]，怎一个愁字了得？

【注释】

①将息：将养休息。②次第：情形，景况。

【词解】

首句连下七对叠字，创意新奇，笔力浑厚，呈现词人孤寂凄苦、怅然若失的心情神态。在这个冷暖不定的深秋，晚来渐紧的风势使词人的处境变得更为艰难。三杯两盏淡酒抵挡不住那透心彻骨的寒冷，而看到“旧时相识”的雁儿飞过，又勾起她对往事的辛酸回忆。庭院里满是凋落的菊瓣，无人摘取，无人怜惜，正如词人身世。她独自坐在窗前，到黄昏，屋里已是难耐的漆黑。窗外，冷雨敲打桐叶，点滴作响，词人此时的心情，又远非一个“愁”字所能概括。

岳　飞

岳飞（1103 ~ 1142 年），字鹏举，相州汤阴（今属河南）人。出身贫寒，二十岁应募为“敢战士”，身经百战，屡建奇功，是南宋初期的抗金名将。绍兴十年（1140 年）统率岳家军大破金兵于郾城，进军朱仙镇，准备渡河收复中原失地。但朝廷执行投降政策，勒令其退兵。后被赵构、秦桧以“莫须有”的罪名杀害。岳飞流传下来的作品不多，有《岳武穆集》。今存词仅三首。岳飞精忠报国的精神深感之心。他在壮志未酬的悲愤心情下写的千古绝唱《满江红》，至今让人士气振奋。其率领的军人被称为“岳家军”，人称“撼山易，撼岳家军难”。

满江红

怒发冲冠，凭栏处、潇潇雨歇。抬望眼，仰天长啸，壮怀激烈。三十功名尘与土，八千里路云和月。莫等闲、白了少年头，空悲切。

靖康耻[1]，犹未雪。臣子恨，何时灭？驾长车踏破，贺兰山阙[2]。壮志饥餐胡虏肉，笑谈渴饮匈奴血。待从头、收拾旧山河，朝天阙。

【注释】

①靖康耻：指靖康二年徽、钦二帝被掳入北廷之事。②贺兰山：在今内蒙古境内，此代金人基地。

【词解】

怒发冲冠，凭栏时，潇潇风雨方过。将军极目远眺，继而仰天长啸，只为胸中热血沸腾，豪情激烈。他慨叹三十年功名如尘土般微不足道，他回首八千里征战的艰苦岁月，他自诫莫轻易虚度了年少光阴，以至老大后徒然悲切。尚未洗雪的靖康之耻，长存心中的覆国之恨，将军欲驾长车踏破贺兰山口，饥则食虏肉，渴则饮虏血，重新收拾起旧日山河，然后向国家报捷，庆贺胜利。

朱淑真

朱淑真，约1131年前后在世，宋代女词人。一作淑贞，号幽栖居士，钱塘（今浙江杭州）人。出身宦家，博通经史，能文善画，精晓音律，尤工诗词。嫁给一文法小吏，因志趣不合，抑郁而终。有《断肠集》十卷、《断肠词》一卷行世。

谒金门　春半

春已半，触目此情无限。十二阑干闲倚遍[①]，愁来天不管。

好是风和日暖，输与莺莺燕燕[②]。满院落花帘不卷，断肠芳草远[③]。

【注释】

①阑干：栏杆。②输与：付与。③芳草：《楚辞·招隐士》

有："王孙游兮不归，春草生兮萋萋。"

【词解】

春已过半，目光所及景物让作者愁情无限。她闲倚遍各处栏杆，深叹春愁漫天彻地席卷而来时，无人安抚劝慰。

让人感到舒适的是天气的风和日暖，但孤单的作者觉得这个春天里的自己远不及莺莺燕燕幸福。黄莺呼朋引伴，燕儿依偎呢喃，只有作者闭门独处，苦思远人，任凭春花落满了庭院。

蝶恋花　送春

楼外垂杨千万缕，欲系青春，少住春还去。犹自风前飘柳絮，随春且看归何处。

绿满山川闻杜宇[1]，便做无情，莫也愁人苦[2]？把酒送春春不语，黄昏却下潇潇雨。

【注释】

①杜宇：杜鹃。②莫也：岂不也。

【词解】

由楼外杨柳万千垂条的招展披拂而想到它们是在希望能将

春天系住片刻，由柳絮的随风飘飞而想象它们是去探寻春的归处，情感细腻的词人对于春天有着深深的眷恋。当她看到满眼的山川已变得碧绿一片，听到杜鹃哀鸣声声，不由得发出了“即便心中无情，这般景况也足以让人愁苦”的感叹。

词人举起酒盏，打算就此为春送行，然而春天却缄口不语，飘然洒下蒙蒙细雨，似向词人挥泪告别。

陆 游

陆游（1125 ~ 1210 年），字务观，号放翁，越州山阴（今浙江绍兴）人。少有大志，二十九岁应进士试，名列第一，因“喜论恢复”，被秦桧除名。孝宗时赐进士出身，任历官枢密院编修兼类圣政所检讨、夔州通判。乾道八年（1172年），入四川宣抚使王炎幕府。孝宗淳熙五年（1178 年），离蜀东归，在江西、浙江等地任职，终因坚持抗金复国，不为当权者所容而罢官。居故乡山阴二十余年。后曾出修国史，任宝章阁待制。其词风格变化多样，多圆润清逸，不乏忧国伤时、慷慨悲壮之作。有《剑南诗稿》、《渭南文集》、《渭南词》等。

钗头凤

红酥手[①]，黄縢酒[②]，满城春色宫墙柳。东风恶，欢情薄。一怀愁绪，几年离索。错，错，错！

春如旧，人空瘦，泪痕红浥鲛绡透[③]。桃花落，闲池阁。山盟虽在，锦书难托。莫，莫，莫！

【注释】

①红酥手：红润白嫩的双手。②黄縢酒：黄纸封坛的美酒。③浥（yì）：浸湿。鲛（jiāo）绡：丝帕。

【词解】

见到唐琬，往日她酥手侑酒，与自己春日漫步在宫墙边、柳荫下的情景又浮现在眼前。无奈欢情短暂，一场“东风”的无情摧残让恩爱的情侣分离，作者怀着不散的愁绪，度过了别后的几年。他最深刻的感触是：这是一次由因缘到人事彻彻底底的大错。

再见唐琬，春色依旧，但她比从前消瘦了很多。作者知道那是因为流过太多泪水，溶了胭脂，湿透了鲛绡。美丽的桃花已然飘落，知音一去，空闲了池阁，海誓山盟虽然还清晰在耳，但已不能写封书信将自己的情感和盘而托，作者沉痛而无奈地叹息：“莫！莫！莫！”

卜算子　咏梅

驿外断桥边，寂寞开无主。已是黄昏独自愁，更著风和雨。

无意苦争春，一任群芳妒。零落成泥碾作尘，只有香如故。

【词解】

风雨的黄昏，词人走过驿站，看到断残的小桥旁寂寞地开放着一株梅花。梅花独处黄昏已然愁苦，却还要忍受风吹雨淋。词人歌颂它无意争春，淡然对待群芳的妒恨，纵然飘落成泥，碾作灰尘，却依然是清香如故。

诉衷情

当年万里觅封侯，匹马戍梁州①。关河梦断何处？尘暗旧貂裘②。

胡未灭，鬓先秋，泪空流。此生谁料，心在天山，身老沧洲。

【注释】

①梁州：今陕西汉中一带。②尘暗旧貂裘：意谓貂裘上积满了尘土，颜色也因日久而改变。

【词解】

这首词也是作者晚年隐居山阴后所作。上片回顾了当年的英雄气魄和戎马生涯，慨叹其后长年闲居废置、请缨无路的境遇。下片更作悲凉语，表达出他如今仍旧心系国事，但自知已是身老力乏、难以为用的凄哀心情，同时也抒发出对被迫退隐命运的痛心和对当权者去正存邪、压制爱国力量的强烈愤慨。

唐　琬

唐琬，字蕙仙，生卒年月不详。她是陆游母舅唐诚的女儿，为陆游的第一任妻子，被陆母拆散，后嫁给了皇家后裔同郡士人赵士程。陆游在沈园偶然遇唐琬，在墙上题了一首《钗头凤》（红酥手）词，唐琬和了一阕《钗头凤》（世情薄）。随后抑郁而终。

钗头凤

世情薄，人情恶，雨送黄昏花易落。晓风干，泪痕残，欲笺心事，独倚阑干。难，难，难！

人成个，今非昨，病魂常系秋千索。角声寒，夜阑珊[①]，怕人寻问，咽泪装欢。瞒，瞒，瞒！

【注释】

①阑珊：将尽。

【词解】

世情凉薄，人情险恶，黄昏暮雨中花儿最易凋落。晨风吹干泪水，泪痕残留脸上，本想写下心事，却终作倚栏自语，唐琬哀叹：“难，难，难。”

人已离散，今非昔比，如今的唐琬犹如秋千架上的绳索，摇摇荡荡，多病多忧。她每每长夜无眠，愁听清寒号角，直到夜色阑珊。她有苦无处倾诉，因为怕人询问，还要咽泪装欢，她只能将一切深深地隐瞒，隐瞒。

辛弃疾

辛弃疾（1140 ~ 1207 年），字幼安，号稼轩，济南历城（今属山东）人。年轻时参加耿京抗金义军，为掌书记。南归后历任建康通判、江西、湖南、湖北安抚使等职，颇有政绩。他力主抗金复国，以恢复中原为己任，屡受朝中投降派排挤，淳熙八年（1181 年）被劾落职，闲居二十余年，其间曾两度被起用，任福建、浙江安抚使等，但都不久于职。终以报国无路，忧愤而死。辛弃疾能诗善文，尤工词，是继苏轼以后的又一位大词人。现存词六百二十余首，风格多样，或慷慨豪迈，或沉郁悲壮，或清新自然，或婉转细腻，其中抒写爱国思想之作占有极重要的地位。他大量吸收口语、古语入词，善于用典，扩大了词的表现力。有《稼轩长短句》。

水龙吟　登建康赏心亭

楚天千里清秋，水随天去秋无际。遥岑远目①，献愁供恨，玉簪螺髻②。落日楼头，断鸿声里，江南游子。把吴钩看了③，栏杆拍遍，无人会、登临意。

休说鲈鱼堪脍④，尽西风、季鹰归未⑤？求田问舍，怕应羞见，刘郎才气⑥。可惜流年，忧愁风雨，树犹如此⑦！倩何人唤取，红巾翠袖⑧，揾英雄泪⑨。

【注释】

①遥岑：远山。此指沦陷地区的群山。②玉簪螺髻：形容远

山如玉簪，如盘起的发髻。③吴钩：古代吴地出产的一种弯刀，后泛指锋利的刀剑。④脍：将鱼肉切成细丝。⑤季鹰：张翰，字季鹰。《晋书·张翰传》："翰因见秋风起，乃思吴中菰菜、莼羹、鲈鱼脍，曰：'人生贵得适志，何能羁宦数千里以要名爵乎？'遂命驾而归。"⑥"求田问舍"三句：以三国时刘备责许汜只知购置房产而全然不管国计民生之事，来责备那些只为一己私利的人。⑦树犹如此：东晋桓温北征，见昔日所种柳树已粗十围，叹曰："树犹如此，人何以堪。"⑧红巾翠袖：借指歌女。⑨揾（wèn）：擦拭。

【词解】

词文上片写登高远望之所见：天无际，水随天，远山层层叠叠，如"玉簪螺髻"。江山虽美，但在作者眼里竟为"献愁供恨"之物，因为他空握长剑而不能杀敌，满怀抱负却无处施展。下片评古论今，表示自己不愿效仿张翰退隐，也不愿学许汜求田问舍，而是想报效国家，有所作为。继而又叹流年似水，光阴虚度。情到伤心，他不禁潸然洒泪。英雄失路之悲，让人唏嘘不已。

菩萨蛮　书江西造口壁

郁孤台下清江水[①]，中间多少行人泪。西北望长安[②]，可怜无数山。

青山遮不住，毕竟东流去。江晚正愁余，山深闻鹧鸪[③]。

【注释】

①郁孤台：在今江西赣州市西南，唐宋时为游览胜地。②长安：指代北宋京师汴梁。③鹧鸪：其鸣声似“行不得也哥哥”。

【词解】

郁孤台下的清江水，其中汇聚了多少流离逃亡之人的眼泪，举头向西北方向眺望长安，无数青山将视线遮拦。青山能遮断行人的望眼，却遮断不了江水的奔流，亦如胡虏虽猖、奸佞虽多，却挡不住仁人志士的抗敌报国的热血豪情。

江天渐晚，词人愁情又浓，岁月在屡受排挤、报国无门的苦闷中空流。这个时候，深山中又传来鹧鸪的叫声：“行不得也哥哥，行不得也哥哥……”

青玉案　元夕

东风夜放花千树，更吹落、星如雨。宝马雕车香满路。凤箫声动，玉壶光转[1]，一夜鱼龙舞。

蛾儿雪柳黄金缕[2]，笑语盈盈暗香去。众里寻他千百度，蓦然回首，那人却在，灯火阑珊处[3]。

【注释】

①玉壶：喻月亮。②蛾儿、雪柳、黄金缕：此三样皆为元宵时妇女们佩戴的饰

物。③阑珊：衰落。

【词解】

正月十五的汴京灯市，灿烂灯火有如东风吹绽鲜花无数，又如满天星斗飘落人间，熙熙攘攘的车马人流，听不完的凤箫声乐。月亮移过天空，人间正在通宵达旦地鱼龙狂舞。

群群笑语盈盈、盛装而行的游女经过，鼻息中回荡着她们留下的幽香，作者不曾停下寻觅的步伐，他在寻找自己的意中人，千寻百找，不辞辛苦。百寻不见，猛然回首的时候，却看到那人就在灯火阑珊的地方。

清平乐　村居

茅檐低小，溪上青青草。醉里吴音相媚好[1]，白发谁家翁媪[2]？

大儿锄豆溪东，中儿正织鸡笼。最喜小儿无赖[3]，溪头卧剥莲蓬。

【注释】

①吴音：吴地方言。②翁媪（ǎo）：老公公、老婆婆。③无赖：淘气调皮。

【词解】

檐儿低低茅屋小，溪水两岸长满青青草。作者醉中听到亲切悦耳的吴音对话，那是一对白发苍苍的农家老年夫妇在茅屋前闲话家常。继而关注到他们的三个儿郎，竟是一律的忙碌：

老大在溪东豆地锄草，老二在编织鸡笼，最年幼的小儿子也不甘清闲，淘气地趴在溪边剥着莲蓬。

西江月　夜行黄沙道中

明月别枝惊鹊，清风半夜鸣蝉。稻花香里说丰年，听取蛙声一片。

七八个星天外，两三点雨山前。旧时茅店社林边①，路转溪桥忽见。

【注释】

①社：土地庙。

【词解】

清新的语言，轻快的情致，让我们的心充分舒展，放松；让我们如同身临那明月林梢挂，清风习习的爽朗秋夜，闻到风中淡淡的稻花香，听到人们快乐地闲话着丰年，蛙儿们兴高采烈地对唱。你也可以坐在作者带来的情境里，仰望七八个星天外，静观两三点雨山前，或者，随他漫步村林，走过溪桥，感受他忽见到曾住过的茅店时的欣慰与悠然。

丑奴儿　书博山道中壁

少年不识愁滋味，爱上层楼。爱上层楼。为赋新词强说愁。

而今识尽愁滋味，欲说还休。欲说还休。却道天凉好个秋。

【词解】

历尽沧桑，饱尝愁滋味之后，回想起少年时代爱上高楼，为了赋一首新词强要说愁的单纯幼稚，作者不禁哑然失笑。少年时是故作愁态，怕人不知自己有愁，而今愁满胸中，却不知从何说起。在数次的“欲说还休”之后，吐出“天凉好个秋”的不相干的话聊以应景。作者是无可奈何，只好回避不谈。

破阵子　为陈同甫赋壮语以寄

醉里挑灯看剑，梦回吹角连营。八百里分麾下炙[①]，五十弦翻塞外声[②]。沙场秋点兵。

马作的卢飞快[③]，弓如霹雳弦惊。了却君王天下事，赢得生前身后名。可怜白发生！

【注释】

①八百里分麾（huī）下炙：意谓方圆八百里的军营中士兵们，在战旗下分吃着烤牛肉。②五十弦翻塞外声：意谓各种乐器合奏出雄壮的军歌。③的卢：骏马名。

【词解】

词由灯下醉看长剑写入梦境，极力描绘抗金部队雄壮的军容，生动地刻画了将士们矫健威武、横戈跃马的身姿，直抒作者“了却君王天下事，赢得生前身后名”的心愿，豪情恣肆，气壮山河，交织着他忠君爱国的思想和强烈的个人功名观念。然而通篇的壮词竟以“可怜白发生”之悲语收尾，又反映出作者壮志难酬的悲愤心情。

西江月　遣兴

醉里且贪欢笑，要愁那得工夫。近来始觉古人书，信著全无是处。

昨夜松边醉倒，问松：“我醉何如？”只疑松动要来扶，以手推松曰：“去！”

【词解】

此词题目为《遣兴》，看似抒发闲居生活的自在悠闲之情，但字里行间透露着作者对现实的不满和他倔强的生活态度。词中“近来始觉古人书，信著全无是处”两句，衍自孟子“尽信书，则不如无书”，实乃激愤之语，缘于作者对黑白颠倒、泾渭不分之世道的感慨。下片中对于松人互动情节的描写，尽显作者倔强自立之性情。

永遇乐　京口北固亭怀古

千古江山，英雄无觅，孙仲谋处。舞榭歌台，风流总被、雨打风吹去[①]。斜阳草树，寻常巷陌，人道寄奴

曾住[2]。想当年、金戈铁马，气吞万里如虎[3]。

元嘉草草，封狼居胥，赢得仓皇北顾[4]。四十三年，望中犹记，烽火扬州路[5]。可堪回首，佛狸祠下[6]，一片神鸦社鼓[7]。凭谁问，廉颇老矣，尚能饭否？

【注释】

①“风流”句：意谓孙仲谋英雄事业的风流余韵已在历史的风吹雨打中远去。②寄奴：南朝宋武帝刘裕小字寄奴。③“想当年”三句：刘裕曾率军北伐，先后灭掉南燕和后秦，光复洛阳、长安等地。④“元嘉”三句：是说宋文帝不能继承父亲刘裕的功业，草率派兵北伐，想要像当年汉将霍去病战胜匈奴、封狼居胥山一样荡平北方，到头来只落得仓皇北望，后悔贸然北伐带来的惨败。⑤“四十三年”三句：辛弃疾于四十三年前南归，其时扬州地区正烽火弥漫。⑥佛狸祠：北魏太武帝拓跋焘击败南朝宋军后，于长江北岸的瓜步山上所建行宫，当地百姓年年在祠下举行迎神赛会。⑦神鸦：庙里吃祭品的乌鸦。社鼓：祭祀的鼓声。

【词解】

上片追忆孙权、刘裕二人事迹，表达出作者对既能守成抗敌，又能进取破虏的君王的期盼。下片引宋文帝仓促北伐而招致全败之事，提醒掌权者不可贪功冒进；通过写历史上佛狸祠的迎神赛会，表示了对江北各地沦陷已久、人民将安于异族统治的隐忧。最后得结论于欲图恢复大计，当重用老成练达之臣。